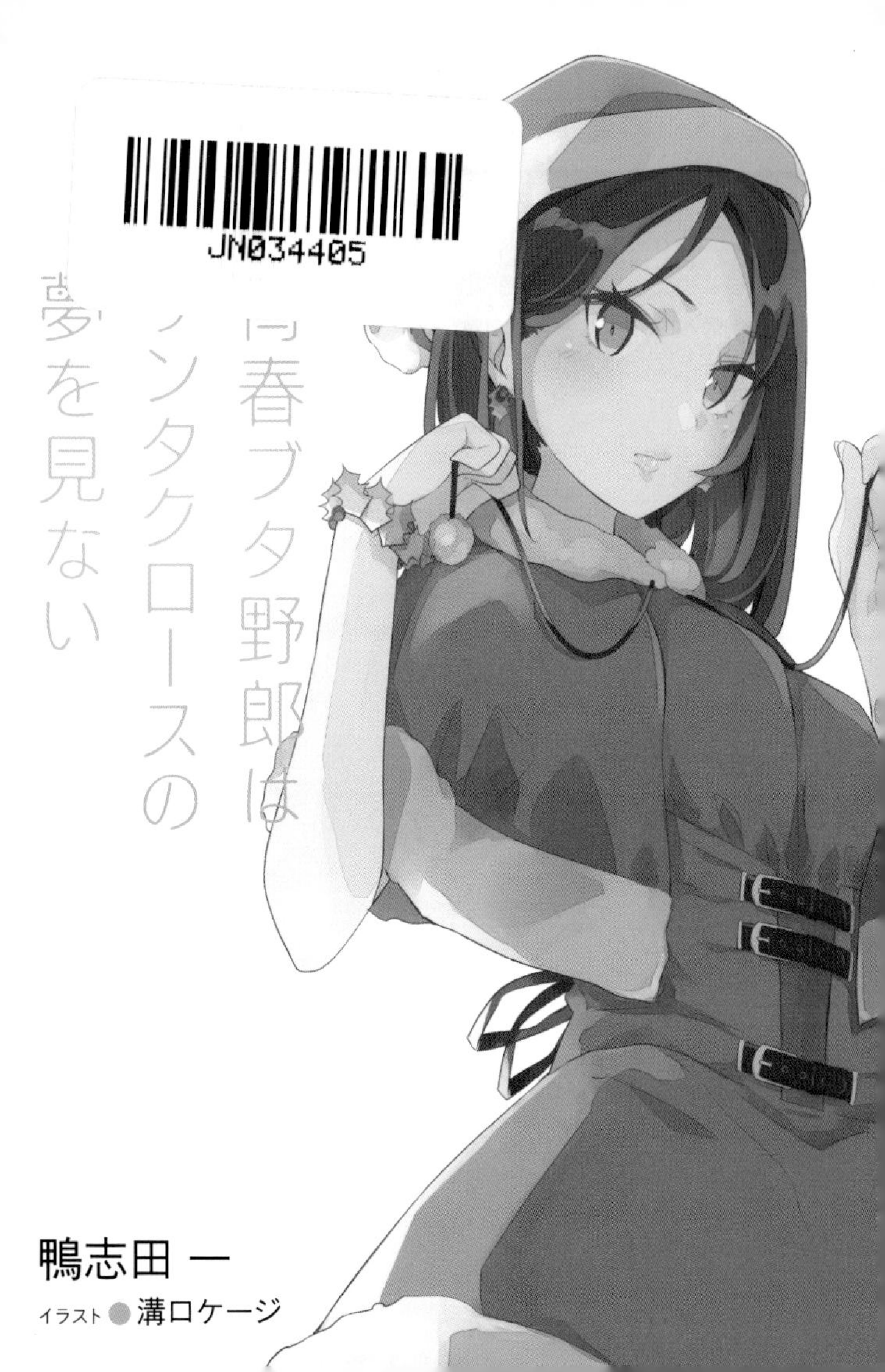
JN034405
春ブタ野郎は
ンタクロースの
夢を見ない
鴨志田 一
イラスト 溝口ケージ

デザイン● 木村デザイン・ラボ

横浜元町の商店街。
平日の昼間とあって人通りはまばらだ。
その中を歩くミニスカサンタは、
明らかに異彩を放っていた。
だが、当然のことのように
誰も透子を気にしない。
透子の存在に気づいていない。

遠くから啄木鳥が
木を叩く音が響いていた。
「どこにいるのかしら?」
「どこだろ?」

青春ブタ野郎は サンタクロースの 夢を見ない

鴨志田 一
イラスト●溝口ケージ

なりたいよ　なれないよ
なりたいわたしに　なれないわたし
なれないよ　なりたいよ
なれないわたしは　なりたいわたし

ぐるぐる回るよ　眩暈(めまい)の迷い子
鏡に聞くのは　あなたはだぁれ
答えはいつでも　あなたはだぁれ
知っているのは　名もなき何者

霧島透子(きりしまとうこ)『Someone』より

第一章　夢見る世界

1

その日、梓川咲太は薄暗い星空の下にいた。

しし座のレグルス。おとめ座のスピカ。うしかい座のアークトゥルス。日が沈んで間もない春の夜空を飾る星々の光が、地上に集まった人々をやさしく見守っている。

だが、誰ひとりとして、星空を見上げる者はいない。一万人を超える観客たちが見ているのはただ一点だけ。

横浜赤レンガ倉庫の広場に設置された野外ステージ。

海風を感じられる音楽フェスのステージの上だけだった。

そこには、人気ロックバンドのゲストボーカルとして歌うひとりの女性がいた。

皆の視線は、彼女に集中している。

咲太も釘付けになっていた。

澄んだ声。

のびやかな声。

それでいて、パワフルな演奏に負けない芯の通った美しい歌声だった。

マイクを握っているのは咲太のよく知る人物。

国民的知名度を誇る有名人。

子役時代から活躍し、今では女優として映画やドラマで活躍する『桜島麻衣』だ。

ステージの前に集まった観客たちは、まるで時が止まったかのように動かない。声も上げない。麻衣が登場してからずっと……驚きの感情のまま固まっている。

奏でられる楽曲に、咲太は聞き覚えがあった。

CMなどでも使われていた霧島透子の代表曲。

それを麻衣が歌っている。

まるで自分の歌のように高らかに……。

まるで自分が霧島透子であるかのように堂々と……。

麻衣はステージの上で歌声を響かせていた。

観客たちに言葉はない。体でリズムを刻むこともなければ、手拍子を送ることもない。やはり、茫然と立ち尽くしている。

やがて、会場の驚きが冷める前に、麻衣は一曲を歌い終えた。

オレンジ色に照らされたレンガ造りの建物の側に、本来の静けさが訪れる。聞こえるのは微かな波の音と風の声。だが、暗がりの中には、一万人を超える観客の気配が確かにあった。

息を呑んで待っている。

麻衣の言葉を待っている。

逸る気持ちをぐっと堪え、今か今かと待っていた。

期待する気持ちは、ステージに立つ麻衣にも伝わっていたはずだ。だからこそ、麻衣は照れくさそうに笑った。

そうした小さな仕草のひとつひとつに観客たちは反応し、会場の期待感はさらに増していく。すでにはちきれんばかりに膨らんでいた。

麻衣が深呼吸をひとつ落とす。

それから、下ろしていたマイクを再び口元に戻した。

「今日はこの場をお借りして、皆さんにご報告があります」

まだ観客の反応はない。じっとステージを見上げている。

「もうお気づきの方もいらっしゃると思いますが……」

会場の様子を窺いながら、麻衣は寸前で一度言葉を止めた。

観客たちの意識が一気に前のめりになる。麻衣は会場全体を見渡して、それらの感情すべてを受け止めていた。

そして、もう一度深呼吸したあとで、

「実は、私が霧島透子なんです」

と、言い放った。

最初の一秒は沈黙。

次の一秒も沈黙が続いた。

直後、ずっと溜め込んでいた観客たちの期待感は一斉に爆発した。我慢から解放され、止まっていた時が動き出した。割れんばかりの歓声が、雷鳴のように空気を震わせる。会場は音楽イベント特有の高揚した雰囲気に一瞬で塗り替えられた。

歓声以外は何も聞こえない。歓喜が会場を呑み込んでいる。巨大な生き物が雄叫びを上げているかのような迫力があった。一万人を超える観客の感情は、この瞬間、この場所に、確かな意思を持った何かを生み出していた。

咲太だけが、驚きの中に取り残されていた。

呆然と立ち尽くしたままだった。

隣で飛び跳ねる観客の肩がぶつかり、咲太はようやく我に返った。

「それでは、もう一曲だけ」

麻衣の合図でドラムが打ち鳴らされる。

前列でライブを堪能しようとする観客たちに押し出され、気が付くと咲太はステージの正面から外れていた。

遠くのステージの上に、小さな麻衣が見えている。四十メートル……いや、五十メートルはあるだろうか。

小さくしか見えない麻衣をしばらく見ていた咲太だったが、曲の途中でステージから離れるように歩き出した。光の灯るステージの近くと違い、遠ざかる咲太の足元を照らす明かりは殆どない。その途中で、咲太はズボンのポケットからあるものを取り出した。

手に握られていたのは、わずかに重みを感じるスマホ。

眩しいほどの画面に触れて、慣れた手つきで操作する。電話帳の一番上……あ行に登録されていた番号に電話をかけた。

耳に当てたスマホから聞こえてきたコールは三回。

「はい、赤城です」

電話の向こうには、落ち着いた声の郁実がいた。

「梓川だけど」

「わかってるけど……なに？」

「赤城に頼みがある」

「梓川君が私に？　なんかこわいな」

冗談が半分。本気が半分という声と態度だった。

「今日、このあと会えないか？」

「急だね」

「たぶん、時間がない」

そう言った咲太の目は、ステージ上で歌う麻衣を見ていた。

「……わかった」

聞き返したいことはいくつもあったはずだ。いくらなんでもいきなりすぎる。それでも、郁実は疑問のひとつも口にしなかった。「時間がない」と言った咲太の気持ちを、尊重してくれていた。

「どこに行けばいい？」

「今、赤レンガ倉庫だから、横浜駅は？」

「わかった。じゃあ、またあとで」

画面の赤いボタンに触れて通話を終える。

何も言わなくなったスマホの黒い画面には、咲太の冴えない顔が映っていた。その顔を見つめると、

「あとは任せたぞ」

と、咲太は誰にともなく呟いた。

そのときになって、咲太は自分が夢を見ていることに気づいた。

目を開けると、麻衣が不機嫌な顔で咲太を見下ろしていた。

「おはよう、麻衣さん」

恋人に朝の挨拶を告げる。だが、どういうわけか少々しゃべりづらい。それもそのはずで、

麻衣の指が咲太の頬を摘まんで引っ張っていた。

「僕、寝言で変なこと言った？」

不機嫌なままの麻衣にそう尋ねる。

「夢の中で、赤城さんと何をしていたのかしら？」

どうやら、これがご機嫌斜めの理由らしい。寝言で「赤城」と呼んでいたのだろう。

「なんか、スマホで赤城に電話をしてました」

奇妙な夢をありのままに伝える。

「咲太が？」

返ってきたのはわずかな驚きを含んだ確認の言葉。

「はい」

「咲太の？」

「ズボンのポケットから出してたんで、たぶん」

「ふーん。おかしな夢ね」

麻衣の指が頬から離れる。不思議そうな顔をしている。麻衣にとっても、咲太がスマホを持っている状況というのは、やはり奇妙に思えるらしい。出会った頃からずっと、咲太はスマホを所持せずにいるのだから、それも当然の反応と言えた。

体を起こしてソファに座る。室内を見渡すと、知らない部屋だった。知らない匂いがする。

生活感のない整頓された空間。ここは、昨晩泊まった箱根の温泉旅館だ。だから、咲太も麻衣も浴衣姿だった。

「ほんとおかしな夢だったんですよ」

思い出すように、咲太はさらに言葉を続けた。

「赤レンガ倉庫の広場にステージがあって……音楽フェスってやつかな？　そこで麻衣さんが歌ってて、曲は霧島透子ので……しかも、歌い終わったところで、自分が霧島透子だって言い出したんです」

「いかにも夢って感じのデタラメな内容ね」

少し呆れた様子で麻衣が笑い飛ばす。

「……」

けれど、咲太は笑えなかった。

それに気づいた麻衣が気遣うような視線を向けてくる。

「……咲太、それも最近の予知夢みたいなのに関係があると思ってるの？」

「ないとは言い切れないかな。妙にリアルだったし」

右手にはまだスマホを握っていた感覚が残っている。その重さを、手のひらが今なお覚えている。鼓膜には麻衣の歌声が貼り付いている。頭の中でまだ響いていた。

「でも、私、音楽フェスへの出演予定なんてないわよ。だいたい畑違いなんだし」

「ですよね」

映画やドラマ、CM、モデルが『桜島麻衣』の主な活動だ。これまで、映画の中で歌を披露することはあっても、アーティストとしての活動はしていない。

「百歩譲って、この先、私にフェスの出演依頼が来たり、咲太がスマホを持つ気になることはあるかもしれないけど……私が霧島透子だっていうのはあり得ないでしょ？」

「なぜなら、麻衣さんは霧島透子じゃないからね」

麻衣の言う通りだ。フェスの出演依頼は来るかもしれない。咲太がスマホを買うかもしれない。この二点に関しては、可能性がゼロとは言い切れない部分もある。

だが、咲太が自分で口にしたように、麻衣は透子ではない。だから、この点だけは夢が現実になるなどあり得ないのだ。

「さすがに悪いように考えすぎかな」

「このところ、変なことも多かったしね」

確かに変なことは多かった。まだ過去形にするには早い気もするが。

「麻衣さんは？　おかしな夢とか見なかった？」

「見てないわよ。朝までぐっすり」

「お泊まりデートに来ておいて、それはそれでどうなの？」

「せっかく箱根にいるんだから、ゆっくり休まないと。咲太は、もっと温泉で癒された方がいいんじゃない？」

　それもまた麻衣の言う通りだ。今くらい、ゆっくりした方がいい。

「んじゃ、大浴場で泳いでこようかな」

「ついでに、館内を散歩でもして、一時間くらい部屋に戻ってこないでね」

「なんで？」

「私も部屋のお風呂に入りたいから」

　麻衣が目を向けたのはガラス戸の向こうに見える部屋付きの露天風呂だ。

「だったら、僕も入りたいけど」

「いいから、行ってきなさい」

　びしっと麻衣が部屋の入口を指差す。

　すると、そこに、

「あ、おはようございます」

　と言って、二階から麻衣のマネージャーを務める花輪涼子が下りてきた。

「おはようございます、涼子さん」

「おはようございます、花輪さん」

「はい、おはようございます」

　改めて朝の挨拶を口にしたあとで、

「そうだ。麻衣さん」

と、涼子は何かを思い出した様子で麻衣に声をかけた。

「はい。なんです？」

咲太を部屋から追い出そうとしていた麻衣が涼子を振り返る。

「昨日、お伝えし忘れていたんですが、珍しい仕事のオファーがあって……」

言葉の終わりに、涼子の目が咲太を気にする。これは仕事の話。部外者の咲太の前で、話していいものか躊躇ったのだろう。

「珍しいってことは、映画やドラマのお仕事じゃないんですか？」

構わずに麻衣が聞くと、

「音楽系です」

と、涼子は具体的な内容を避けて答えた。

それは、今の咲太と麻衣を反応させるには、十分すぎる意味を持っていた。咲太が横目に麻衣を映す。麻衣もまた咲太を見ていた。そのあとで麻衣は、

「それって、音楽フェスの出演依頼だったりします？」

と、確かめるように涼子に聞いた。

「え？　なんでわかったんですか？」

当然のように涼子が驚く。そんな涼子を前にして、顔を見合わせた麻衣と咲太は、曖昧に

笑ってごまかすしかなかった。

2

貸し切り状態の大浴場で朝から温泉を堪能し、個室の食事処に用意された朝食に舌鼓を打ったあと……部屋でのんびり過ごしてから、咲太たちは旅館をチェックアウトした。

駐車場に出てきたのが、午前十一時。

別の車で来ていた涼子とはここでお別れだ。このあと涼子は、最近はまっているベーカリー巡りをしてから帰るらしい。車に乗り込む際には、

「あんまり写真とか撮られないようにしてくださいね」

と、やんわり釘を刺された。

「あんまりってことは、少しは撮られていいのかな?」

走り去る涼子の車を見送りながら、麻衣に確認すると、

「いいんじゃない」

と、笑いながら返ってきた。

そんな冗談を言い合いながら、咲太と麻衣も車に乗り込んだ。

走り出した車は山道をさらに上り、箱根登山鉄道の終着駅がある強羅までやってきた。この

先は、ケーブルカーとロープウェイが鉄道に代わる足となる。

強羅駅周辺の店舗の前には、二十代から三十代くらいのカップルの姿が数多く見られた。笑顔で言葉を交わしながら、お土産を選んだり、お団子を食べたりしている。

「涼子さんの話だと、音楽フェスの開催は四月一日なんだって」

「まだ先ですね」

今日はデート日和の十二月二十五日。クリスマス。フェスの開催まで三ヵ月以上あることになる。

「オファーしてくれたのは、先月公開された映画で共演したバンドの人たちで、シークレットのゲストボーカルって扱いみたい」

「映画の中で、麻衣さん、熱唱してましたもんね。そのバンドの演奏で」

「そのことが話題になったおかげね。今回オファーが来たのは。ファンサービスになるから、涼子さんも事務所の人たちも乗り気みたいだし」

確かに映画のシーンを再現するような意味もあるので、知っている人にとっては生で見られて、生で聞けてうれしいはずだ。

「んで、麻衣さん、どうするの？」

「どうするって？」

「オファーを受けるのか、受けないのか」

「受けるわよ。お世話になった人たちからの依頼だし」

「そうなると……未来は僕が見た夢に一歩近づいたわけだ」

四月一日、麻衣は音楽フェスのステージに立つ。

「あとは私が霧島透子の曲を歌って、霧島透子ですってカミングアウトすればいいのね」

「だったら、僕もスマホを買っておかないとなぁ」

「それで完璧ね」

お互いその気はないので笑っていられる。

「でも、もし本当に、未来が咲太の見た夢の通りになるなら……ひとつだけ安心できることがあるんじゃない？」

庭園『箱根ガーデンズ』の看板に気づいた麻衣は、ウィンカーを出して脇道に車を入れていく。

「それって？」

「少なくとも、四月一日まで、私は無事ってことになるでしょ」

「確かに、その点は安心かも」

――霧島透子を探せ
――麻衣さんが危ない
あのメッセージに対する答えはまだ見つかっていない。

駐車場に車が止まる。麻衣の運転でたどり着いたのは、強羅から仙石原に向かう途中にある海外のフラワーアーティストが手掛ける箱根の自然を利用した庭園だった。

「そうとわかれば、やることはひとつですね」

車を降りて、麻衣と歩き出す。

「そうね。デートを楽しまないと」

ふたりの手は自然と繋がれていた。

冬の凛とした草花に囲まれた庭園の散歩は、とても穏やかな時間だった。時々、他の来園者とすれ違いはしたが、殆どふたりの足音と息遣いしか聞こえない。かと思えば、遠くから啄木鳥が木を叩く音が響いていた。

「どこにいるのかしら？」

「どこだろ？」

ふたりで探してみたが、啄木鳥の姿は見つけられない。ただ、コンコンコンコンと乾いた音だけがいつまでも聞こえていた。

結局、啄木鳥は諦めて、咲太と麻衣は園内のカフェで少し休憩することにした。そのとき、あの啄木鳥の音はなわばりを主張しているらしいと店員さんが教えてくれた。

その後、午後一時過ぎに強羅駅の近くまで車で戻り、咲太と麻衣は遅めの昼食を取った。強羅で人気の土鍋で煮込んだあつあつの豆腐かつだ。

はふはふしながら食べたあとは、ロマンスカーの終着駅がある箱根湯本まで蛇行する山道を下りて、商店が立ち並ぶ駅前の通りでお土産を選んだ。

咲太が買ったのは、寄木細工のコースターと、マシュマロのような食感のお餅の中に、細切り羊羹が挟まれた湯もちというお茶菓子。店に併設されたカフェで麻衣と一緒に食べて、花楓が好きそうなので、買って帰ることにした。

そんな咲太と麻衣が箱根湯本を発ったのは午後三時過ぎ。夕方以降は渋滞の予報が出ていたため、混雑する前に出発した。

途中、小田原に寄り道をして、お正月用のかまぼこを頼んで、午後五時前には住み慣れた藤沢の街に帰ってきた。

「じゃあ、六時過ぎに部屋行くから」

「はい、待ってます」

夕食を一緒に食べる約束だけして、咲太はマンションの前で麻衣と一旦別れた。

郵便受けに何も入っていないことを確認してから、エレベーターに乗り込む。一泊だけの旅行だったが、「帰ってきたなぁ」という実感が咲太の中にはあった。

エレベーターを降りて、玄関ドアの前に立つと、ますますその感覚は強くなった。

鍵を開けて、部屋の中に入る。

するると、部屋の中から誰かの話し声が聞こえてきた。恐らくTVの音声。昨晩、花楓は横浜市内の実家に泊まったはずだが、リビングの電気がついている。人の気配もある。

咲太が靴を脱いでいると、

「お兄ちゃん、遅いよ」

と、部屋の奥から愛猫のなすのを抱いた花楓が出てきた。なすのが「なー」と鳴く。きっと、おかえりと言ったに違いない。

「デートの帰りにしては、むしろ早いだろ」

靴を脱いで部屋の中に入る。

「てか、なんで花楓がいるんだ？　昨日は父さんと母さんのとこだったろ？」

「ひとりぼっちじゃなすのがかわいそうだし、私、このあと六時からバイトもあるし……それと、お兄ちゃんに話したいことあったし」

リビングに向かう咲太の後ろで、花楓の声はどんどん小さくなっていく。距離が離れたからではなく、ボリュームが下がっている。足音はぴったりついてきていた。

「話したいことって？」

お土産の袋をダイニングテーブルの上に置きながら聞いた。

「……」

だが、花楓からすぐに返事はこない。

咲太が振り返ると、花楓はそれとなく視線を逸らして、なすのを床に下ろした。

ＣＭを流していたＴＶが夕方のニュース番組に戻る。

「先ほどもお伝えしましたが、再び、各種ＳＮＳの接続障害に関するニュースです。今日、午前中から複数の大手ＳＮＳで、利用者からのアクセスがしづらくなる障害が発生しました」

画面にはつぶやき系ＳＮＳやフォト系ＳＮＳのロゴ……他にもいくつかのＳＮＳが表示されている。

「話したいっていうのは、これのこと」

ＴＶを花楓が指差す。だが、咲太には何のことだかさっぱりわからない。

「これ？」

とりあえず、花楓が指差したＴＶに目を向ける。すると、男性アナウンサーは接続障害の原因について語り出した。

「現在、こちらに伝わっている情報としては、この『#夢見る』というタグをつけた書き込みが一斉に行われたことによるアクセスの集中が原因ではないかと言われています。今もまだ繋がりにくい状況は続いているそうです」

原稿を丁寧に読み上げる男性アナウンサーは、続けてハッシュタグに関する説明を「ご存知の方もいるかと思いますが」と前置きしたあとではじめた。

「また『#夢見る』か……」

最近、何かと耳にする機会が増えたし、関連する予知夢のような現象には、正直、咲太も悩まされている。直接的にも、間接的にも……。

それが、ニュース番組にも取り上げられるようになったのは、あまりいいことではないように思える。たとえ、ニュースの内容が、あくまで接続障害に関するものであったとしても……。

「花楓、ノートPC借りるな」

「あ、うん」

テーブルの上で開いて、つぶやき系SNSを表示しようとする。だが、画面がなかなか切り替わらない。それでもしばらく待っていると、画面はようやくSNSの表示になった。報道されていた通り、確かに接続しづらい状況は続いているようだ。

書き込みの中から『#夢見る』だけを絞り込む。

今度もまた一分近い待機時間があって、やっと書き込みを見ることができた。

ずらりと夢の話が並ぶ。

——彼氏と別れ話をしてる夢見た。言ってる理由がほんとそれな！　お前のそういうところな！　って話で超ウケる。#夢見る

——勘弁してくれよ。大学受かってる夢って。おい！　夢かよ！　上京して、ひとり暮らしはじめて、最高だって思ったら目ぇ覚めたんですが！　#夢見る

——夜桜の下でお花見。飲み過ぎた大学の友達が盛大にリバースしておりました。あいつに

酒を飲ませるのはやめようと思いました。 #夢見る

──彼女に振られる夢とか最悪。なんか色々言われて最終的に箸の持ち方が嫌ってなんだよ。今日から直すわ。 #夢見る

どれも短い時間を切り取ったものだが、その状況は妙に具体的だ。まるで昨日の出来事のように語られている。その特徴は、咲太の見た夢の感覚によく似ていた。

そうしたSNSへの書き込みが、無数に延々と続いている。今も増え続けていた。百や二百ではない。千や二千でもない。万は万でも数百万という数が引っ掛かっている。つまり、それだけの人数が昨晩夢を見て、『#夢見る』に何らかの投稿をしたことになる。

仮に、書き込まれた夢のすべてが本当に未来を見たものであった場合、この状況はどう理解すべきなのだろうか。この事態は、この先の未来にどんな影響を及ぼすのだろうか。

箸の持ち方が気に入らないという理由で彼女に振られていた彼は、この先、綺麗に箸を持てるようになって振られずに済むかもしれない。別の理由で振られるだけかもしれない。それは、そのときが訪れるまでわからない。

「……」

視線を感じてノートPCの画面から顔を上げると、花楓が何か言いたそうに咲太を見ていた。

「んで、花楓はどんな夢を見たんだ？」

「え？」

急に話を振られた花楓が驚いた顔をする。

「話したいことって、夢のことなんだろ？　これ、本当になるって噂もあるし」

「そうだけど……」

唇を尖らせた花楓は何やら不満そうだ。話したいけど、話したくない。表情からはそんな矛盾した感情が窺える。

「口に出すのも恥ずかしいような夢だったのか？」

買ってきたお土産の袋に手を伸ばす。

「恥ずかしくはないけど……」

「けど？」

「……もうひとりの私に戻ってる夢だったの」

咲太の手はお土産を摑む前に止まった。

顔を上げて花楓を見る。その花楓は、咲太の視線から逃れるように、足元のなすのの背中を撫でていた。そして、しゃがんだまま、

「お兄ちゃんが帰ってくるの、なすのと待ってて……」

と、呟いた。

「……」

無言のまま、お土産のお餅を摑んで包みを開けた。手で摘まむと千切れてしまいそうなお餅

のお菓子を口に放り込む。噛んでいる間もなく、口の中で解けて消えた。

お茶でも淹れようと思い、キッチンの食器棚から絵柄が狸とパンダのマグカップを取り出した。電気ケトルに水を入れてスイッチをオン。

「なんか悩みでもあるのかよ。思わず解離性障害を再発するようなさ」

狸のマグカップにインスタントコーヒーの粉を入れて、パンダのマグカップにはココアの粉を入れた。

「お兄ちゃんじゃないんだから悩みくらいあるよ」

「たとえば？」

ケトルの中で、ぐつぐつとお湯が沸きはじめる。ちなみに、咲太にも悩みくらいはある。

「進路とか」

しぶしぶといった口調で、花楓からは短い返事があった。

「そりゃまた健全な悩みだな。いかにも高校二年の冬って感じでいいんじゃないか？」

沸いたお湯を、狸とパンダのマグカップに注ぐ。コーヒーのビターな香りと、ココアの甘い香りが混ざって立ち昇る。

「お兄ちゃんは進路のことで悩んでなかったじゃん」

「僕だって悩んでたぞ。受験に失敗したら、麻衣さんになんて言い訳をしようかって」

パンダのマグカップを花楓に渡す。

「でも、結局、受かったじゃん」

「麻衣さんが納得してくれそうな言い訳が思いつかなかったからな。必死に勉強をがんばったんだよ」

「……」

無言のまま、花楓がココアをずずっと一口飲む。

「もし、大学に落ちてたら、お兄ちゃん、麻衣さんになんて言い訳したと思う？」

「僕の勉強見てくれてたの麻衣さんだろ？」

「うん」

「だから、『麻衣さんの教え方も悪かったと思うんだよね』って言ったんじゃないか？」

「……」

どういうわけか花楓は口を開けたまま固まっている。絶句というやつだ。

「もちろん、冗談っぽく言うんだぞ？」

「普通、冗談っぽくでも言わないよ。てか、言えない」

「だから、僕も実際には言ってないだろ」

はぁ、と花楓が深いため息を落とす。だが、不思議なことに表情には明るさがあった。口元は笑っているようにも見える。

「じゃあ、私が大学落ちたらお兄ちゃんのせいね」

「なんで、そうなる？」

「私も大学受験するから」

「さっきまで、進路で悩んでるって言ってなかったか？」

「今、決めたの。まだ人がたくさん集まる場所は苦手だけど……こみちゃんの第一志望がお兄ちゃんの行ってる大学だって昨日聞いたから」

花楓が「こみちゃん」と呼ぶのは、幼馴染のような存在の鹿野琴美のことだ。

「こみちゃんと一緒だったら、私も行ってみたいって思って……ダメかな？」

「別にいいんじゃないか？」

「でも、進路ってこんな動機でいいのかな？」

「僕も麻衣さんと同じ大学に行くっていう動機だったぞ」

「お兄ちゃんは、麻衣さんの言いなりだっただけじゃん」

「僕ってそんな風に見えてたのか……」

事実ではあるのだが、実の妹に「言いなり」とまで言われるのはさすがにちょっとショックだ。

「まあ、花楓の場合、大学に行くってのは、もっと外に出たいとか、遠くに行けるようになりたいとか……そういう、気持ちの問題も大きいんだろ？」

「そうだけど……そんなはっきり言わないでよ。恥ずかしい」

「だったら、やりたいようにやればいいよ」

「うん……ありがと」

「つか、時間は大丈夫か？　六時からバイトなんだろ？」

時計を見ると、五時四十分を回っている。

「あー！　お兄ちゃん、もっと早く言ってよ！」

花楓がばたばたと自室に駆け込んでいく。かと思うと、先ほどの格好にコートだけ羽織って、再びばたばたと飛び出してきた。そのまま玄関の方に駆けていく。

「じゃあ、行ってきます！」

声だけがリビングまで届いた。

「おう。気を付けてな」

「お兄ちゃん、鍵閉めといてね！」

「はいよ」

返事をしながら玄関に行くと、花楓の姿はすでになかった。がっちゃんとドアが閉まる。言われた通り鍵を閉めて、咲太はリビングに戻った。

「『かえで』の夢、か」

無意識に呟きがもれる。

もし、その夢が現実になるなら、咲太にとってもただ事ではない。解離性障害を克服し、

『かえで』から『花楓』に戻ったときには、医者から「再発の可能性がゼロというわけではありません」と聞かされてはいた。そういう病だと。

だが、その話を『かえで』と結び付けて考えようとはしなかった。たとえ、再び解離性障害になったとしても、同じ形で発症するとは限らない。だから、考えないようにしていた。

特に、花楓が高校受験を乗り越えて以降は……。

通信制の高校に通うようになり、バイトをはじめてからはなおさらだ。

再発の心配をする必要がないほど、花楓は花楓として、当たり前の日々をあまりにも普通に過ごしてきたから。

「ま、注意して見守るしかないよな」

なすのにそう話しかけると、「なー」と頼もしい答えが返ってきた。

一息つくつもりで、ダイニングテーブルに置いたマグカップに手を伸ばす。少し冷めたコーヒーを口に含むと、ふと電話機が目に入った。

「あ、そうだ……」

ひとつ確認しておきたいことがあるのを、咲太は思い出した。

受話器を取る。おぼろげな記憶を辿るようにして、十一桁の番号を順番に押した。それは、夢の中で見た赤城郁実の携帯番号。

耳に当てた受話器から呼び出し音が聞こえてくる。電話はかかっている。番号が使われている証拠。

だが、五回目のコールを数えても繋がらない。誰も出ない。

結局、そのまま留守番電話サービスに切り替わった。

そこにメッセージを吹き込んでおく。

「こちら、赤城郁実さんの番号でお間違いないでしょうか？　梓川咲太と申します。もし、間違っていなければ、折り返しいただけるとありがたいです。失礼します」

用件を述べて電話を切る。本当に郁実にかかっているのなら、すぐにかけ直してくる気がした。真面目で律儀な郁実なら、メッセージを聞いて即行動に移すはずだ。

予想は的中し、一分ほど待っただけで電話が鳴った。

ディスプレイには咲太が先ほどかけた番号が表示されている。

「はい」

相手が郁実とは限らないので、よそ行きの態度で電話に出た。

「私、赤城と申しますが」

同じくよそ行きの声が聞こえてきた。

だが、その落ち着いた声は間違いなく郁実だ。

「あ、僕だけど。梓川」

今度は普段通りの態度で答える。

「うん」

頷くような小さな声で郁実は応じた。

「悪いな。こんな日に急にさ」

今日は十二月二十五日。クリスマス当日だ。

「平気、クリスマス会の片付けも終わったところだから」

「それって、学習支援のボランティアのやつか？」

「うん。みんな、喜んでくれてよかった」

「それはやったかいがあったな」

「梓川君の方こそ、素敵な彼女がいるのに、私に電話をかけてていいの？」

「デートならちゃんとしてきたよ。このあと、一緒に夕飯を食べる約束もしてる」

「それで？　私の番号、誰に聞いたの？」

のろけ話は聞いてもらえず、郁実は本題を切り出してきた。

「誰にも聞いてない」

「なら、どうやって？」

「夢で見たんだよ。僕が赤城に電話をかけててさ」

「その番号を覚えてて、試しにかけてみたってこと？」

「赤城は話が早くて助かるよ」

「それは……随分気持ち悪いね」

「気持ち悪いのは、この状況のことだよな？」

「半分はそう」

「もう半分は僕か？」

「……」

返ってきたのは沈黙。肯定の沈黙だ。だったら、せめて「そう」と認めてほしかった。

「梓川君が見た夢って、今日ニュースになってるやつだよね？」

「たぶんな」

「私の携帯番号が本物ってことは、本当に未来を見ているのかもしれないね」

とんでもない話をしているはずなのに、郁実は妙に落ち着いている。だが、それもまたなんとも郁実らしいと咲太は思った。思春期症候群による不思議な現象は、郁実自身も経験済みだ。だからこそ、こういうこともあるかもしれないと、心は柔軟になっている。

「それを確かめるために、赤城に電話をしたんだよ。ほんと急に悪かったな」

「気にしないで。そのことで、私も梓川君に話しておきたいことがあったから」

「もしかして、赤城も夢を見たのか？」

「梓川君と同じ日の、同じ時間の夢だったんだと思う。梓川君から電話をもらう夢だったから」

「……そうか」

驚きはあった。だが、何から驚けばいいのかわからず、不思議と頭は冷静なままだった。

「僕は何を話してた？」

「急にかけてきて、今日、横浜駅で会えないかって言ってきて。私に頼みたいことがあるみたいだった。真剣で。あと、スマホの番号からだった。もう日が暮れた時間で」

「僕の見た夢と確かに重なるな」

違うのは、電話をかけた側か、電話を受けた側か。咲太視点か、郁実視点かの違いだけ。それ以外は見事に一致している。

こんな偶然があるだろうか。もちろん、あるかもしれない。だが、ニュースにも取り上げられるような状況になった以上、ただの偶然で片付ける気にはさらさらなれなかった。

「ねえ、梓川君」

考えがまとまらない咲太に、郁実の方から呼びかけてきた。

「ん？」

「それで、私、気づいたことがあるんだけど」

「夢のことで？」

「あの夢の正体がわかった気がする」

「本当か……!?」

突然の大きな声に、なすのがソファの上でびくっとする。

「あの夢って本当は――」

その先に続いた郁実の言葉を、咲太は電話機のボタンをじっと見つめたまま聞いた。だが、咲太自身に、ボタンを見ている自覚はなかった。意識は耳に集中していた。郁実の話に集中していた。

郁実の言葉には、郁実だからこそ気づけた答えがあった。その答えに、困惑する気持ちはあった。だが、それ以上に、納得する自分が咲太の中にはいた。それだけ、郁実の言葉は夢の正体を正確に言い表していると思えた。

「赤城が言うなら、確かにそうかもしれないな」

3

クリスマスが終わると、街からはサンタクロースとトナカイ、それにツリーの飾りが消えて、代わりにどこか落ち着かない年末特有の空気が寒波とともに押し寄せてきた。

街も、人も、年内にやり残したことを探すように、そわそわしている。寒さに身を縮めながら、誰もが足早に行き交っている。何かに追いかけられているかのような焦燥感が漂っていた。

毎年恒例の年末の雰囲気。

例年とひとつだけ違うのは、今年になって生まれた『#夢見る』という言葉を見聞きする機会が増えたということ。

接続障害のニュースで華々しく地上波デビューを飾った『#夢見る』は、その後、活躍の場をワイドショーに移して、連日のように取材対象にされていた。

夢が本当になったという女子高生の体験談が語られ、スタジオではそのオカルト話にコメンテーターが真面目な顔をして持論を展開する。

冷静に考えれば滑稽な話だが、他に取り扱うべき事件もないのか、意外と視聴率が取れるのかはわからないが、番組内で割かれる時間は日に日に増していた。

咲太の周囲でも『#夢見る』は存在感を示し、毎日のように誰かしらから夢の話を聞かされる年の瀬となった。

十二月二十八日。水曜日。

年内最後となる塾講師のバイト先でも『#夢見る』の話題が上がった。

咲太が塾に到着するなり、

「先生、遅ぇよぉ」

と、不満の声が聞こえてきた。

フリースペースで待ち構えていたのは、咲太が担当する生徒のひとり。咲太の母校である峰ヶ原高校に通う一年生、山田健人だ。

「山田君は珍しく早いな」

普段の健人なら、授業の開始直前にやってくる。そして、だいたい真っ先に帰っていく。自習室での勉強などもってのほかの勉強嫌い。だけど、遅刻は一度もなく、不真面目なように見えて、根は真面目な生徒だったりする。

「咲太先生、こっちこっち」

その健人は、手招きをして咲太をフリースペースの壁際に誘っていた。仕方なく健人に近づくと、

「今日の授業、俺、パスしていい？」

と、突然そんなことを言ってくる。

「とりあえず、理由を聞こうか？」

当然の質問を咲太は返した。すると、健人は周囲に人がいないかをまず確認し、次に職員室の方を覗き込むように窺う。誰もいないとわかると、

「先生、耳貸して」

と、すでに小声で言ってきた。

「男同士で内緒話とかしたくないんだが」

咲太は不満を口にしながらも、話が進まないので言われた通りにする。

「俺、イブの夜に夢を見たんだよ」

「どんな？」

「それが……江の島で吉和とデートしてる夢で」

「それは夢があるな」

「生しらすがあったから、禁漁明けた三月の終わりか、四月くらいかな？　ソフトクリームを『あーん』ってしてもらってて、手ぇ繋いだりしてて……」

元から小さかった声は、徐々に恥ずかしさに埋もれていく。やがて、健人が俯くのに合わせて、完全に何も聞こえなくなった。

話は途中だったが、健人が何を言いたいかはわかった。

「要するに、今、吉和さんと会うのは気まずいから、今日の授業はパスしたいってことか？」

「そう！」

「逃げると、余計恥ずかしくなるぞ」

ひとまず、率直な感想を告げる。

「先生の正論うぜぇ」

「こんなのは一般論だよ」

「とにかくお願い！」

両手を合わせて、健人が拝んでくる。

「山田君、こないだまで姫路さんにお熱だったよな？」

「わー！　先生、声でかいって！」

「山田君の方がでかいな」

慌てた健人が、周囲を気にする。幸い、今もフリースペースにいるのは咲太と健人だけだ。職員室に人影はあるが、詳しい会話の内容まで聞き取れないだろう。

「姫路さんには、なんつーか、線を引かれたっていうか」

拗ねたような顔で、健人が一丁前にわかったようなことを言ってくる。

「何かあったのか？」

「イブの夜にさ……藤沢駅でばったり会ってさ」

その日、紗良は咲太と麻衣と一緒だった。帰りに藤沢駅まで送ったので、そのあとの話なのだろう。そして、イブと言えば、前に樹里が見た夢によると、健人が紗良に振られていたらしい……という日でもある。

「急に『今まで勘違いさせてたらごめん』みたいなこと言われて……。姫路さん好きな人いるんだって。もちろん、俺じゃなくて」

「それで山田君は、どうしたんだ？」

「とりあえず、メリークリスマスって言って、姫路さんに笑われた」

本人に自覚はないようだが、紗良にとってはファインプレーの一言だったのではないだろうか。紗良なりにけじめをつけた結果として、「よかった」と言える結果に思える。

「んで、よりにもよって、その日の夜に、山田君は吉和さんの夢を見たわけか。お盛んだな」

「寝たら、勝手にそんな夢だったんだから仕方ねえじゃん」

「ま、でも、山田君が夢を見ただけなら何の問題もないだろ。ただの夢なんだし。そもそも、山田君は『#夢見る』のオカルト話なんて、信じてないんじゃなかったか？」

「信じてないけど、吉和も同じ夢を見てるかもしれないんだって！　ＳＮＳにそういうやついっぱいいるし！」

今日の健人は意外と鋭い。ちなみに、咲太も郁実と同じ夢を見ている。咲太の夢には郁実が登場し、郁実の夢には咲太が登場している。

同じ理屈なら、樹里が夢を見ていた場合、樹里も健人と江の島デートをしていることになるのではないか。確かにそれは気まずい。

「だとしても、山田君は夢なんて見てないって顔で、普通にしてれば問題ないだろ」

「先生、俺にそんな真似できると思ってる？」

「まあ、無理だと思って言ってる」

「ひでえ！」

「仮に、吉和さんが山田君と同じ夢を見ていたとしてもだ。吉和さんはクールだから、逆に何でもないって顔をしてくれるんじゃないか？　それなら、山田君も意識しないで済むだろ？」

「それは、そうかも……」

咲太の言葉に健人が納得しかけた瞬間、ドアが開いて塾に入ってくる生徒がいた。まさに、今、話題にしていた人物。沖縄で行われたビーチバレーの大会で、少し日焼けして帰ってきた吉和樹里だ。

彼女は咲太と健人に気づくなり、びくっと体を大きく震わせた。目は泳いで、露骨に顔を咲太から背けた。いや、健人から背けた。かと思うと、足早に教室の方へ行ってしまう。もはや、逃げて行ったと表現する方が正しい。

「これ、吉和さんも、完全に同じ夢を見てるな」

独り言をもらした咲太の隣では、健人が顔を真っ赤にしていた。

当然、この日の授業はまったくと言っていいほど捗らなかった。健人と樹里……お互いがお互いを意識しまくった初々しい空気が、八十分間教室に漂っていただけ。

そして、授業が終わるや否や、ふたりとも競うように逃げ帰っていった。

「よいお年を……って聞いちゃいないか」

そんなふたりを見送ったあと、咲太は理央から担当を引き継ぐことになった虎之介と軽めの面談をふたりきりで行った。とは言っても、フリースペースで立ったまま、雑談のような形ではあったが……。

「加西君、本当に僕が担当でいいのか？」

「よろしくお願いします」

大きな体を小さくして、虎之介は礼儀正しく頭を下げてくる。この辺りは、上下関係がしっかりしている運動部らしい。

「双葉の通っている大学に落ちても、僕を恨まないでくれよ？」

「クリスマスイブの夜に、模試の判定が最悪な夢を見ました」

「量子力学によると、未来は決まっていないことになってるらしいから、お互いがんばろうな」

こうなったら、何が何でも合格させるしかない。少なくとも咲太の担当教科では足を引っ張らないようにしよう。

その後、年明けからはじめる授業の日程を相談して、面談はお開きになった。ただ、帰り際になって、虎之介に呼び止められた。

「そうだ。梓川先生」

「ん？」

「紗良のこと、ありがとうございました」

「姫路さんから何か聞いた？」

「昨日、部活の帰りに家の前で紗良と話して……その、色々と」

紗良のことだから、思春期症候群や霧島透子のことなどは、上手に省いて話したはずだ。

虎之介も「色々」という言葉にまとめているあたり、本当に色々なことを話したのだと思う。幼馴染ならではの思い出話なんかも交えつつ。そして、それは少なくとも、虎之介の紗良への心配が解消されるだけの効果はあったようだ。

「双葉のこと、何か言われなかったか？」

「あ、はい。紗良はしばらく双葉先生に担当してもらうことになったって」

そう、あの日に話した通り、咲太は紗良の担当を外れて、理央が後任になったのだ。だが、咲太が虎之介に聞いたのはそのことではない。

「そっちじゃなくて、加西君の恋愛事情についてね」

「あ、それは、まあ、なんていうか……私を振っておいて、振られたら許さない、みたいなことを言われました」

「姫路さんらしいな」

「そうですね、本当に」

困った顔で、虎之介は深く同意してくれた。

この日はこれで塾講師としてのバイトは終わり、虎之介を見送ってから咲太も帰路についた。

すでに暗くなった空を、薄い雲が流れていく。時折、隙間から星が見えた。

「それにしても、夢についての話題が多すぎるな」

さすがに愚痴のひとつも言いたくなる。

今年も残すところわずか。新しい年がくれば、みんな『#夢見る』のことを忘れてくれるだろうか。

そうあってほしい気持ちと、そうはならない予感が咲太の中にはあった。

4

年が明けた一月三日。

昼過ぎに、咲太は麻衣を連れて横浜市内の実家に顔を出した。

元日、二日と比べると、だいぶテンションの落ち着いた正月番組を流しながら、母親が作ったお雑煮を一年ぶりに食べた。昨日は実家に泊まっていた花楓も一緒に。

餅に鶏肉、白菜、ニンジンに加えて、紅白の立派なかまぼこが入っている。正月に合わせて届くよう、箱根の帰りに小田原で手配したものだ。

「麻衣さん、かまぼこ送ってくれてありがとうね」

咲太が頑張っていると、母親が麻衣にそう声をかける。

「あれ、僕の名前で送ったよね？」

「気を回してくれたのは麻衣さんなんでしょう？」

麻衣は何も言わず、笑顔で肯定する。

「さすが、僕の母さん、よくわかってる」

「もうこの子は」

そんな咲太と母親のやり取りを、麻衣は微笑んで見ていた。

昼食を終えると、食器の片付けは咲太と父親が担当して、母親と花楓、それに麻衣の三人はリビングで正月番組の続きを見ていた。

番組MCの「続きはニュースを挟んでからになります」という言葉のあとで、画面は報道フロアにいる年配の男性アナウンサーに切り替わった。

お辞儀をひとつ。それから落ち着いた声でニュースを読んでいく。

「昨日未明。神奈川県横浜市の住宅街で、車のナンバープレートを曲げて歩いていた男が現行犯で逮捕されました。近所の住人から通報を受けた警察が駆け付けると、男はペンチのようなもので、十数台の車に傷をつけたりしていた模様です。男は『四月になっても就職先が決まっていない夢を見た。むしゃくしゃしてやった』という趣旨の供述をしていることが、警察への取材でわかりました。男のものと思われるSNSのアカウントには、昨年十二月二十五日に『#夢見る』を付けた書き込みがあり、事件との関連性や詳しい経緯について、今後の捜査で明らかにしていくとのことです。以上、報道フロアからニュースでした」

男性アナウンサーのお辞儀で、短いニュース番組は終了した。

画面が正月番組に戻ると、途端に明るい声がTVから響いた。

「なんだか、変な事件ね」

しみじみと母親が呟く。

「そうですね」

それに、麻衣が頷く。他に答えようがない。

まさに、まさしく変な事件だ。

夢で知った未来にむしゃくしゃして、他人の車に当たり散らすなど普通の話ではない。その普通では考えられない事件が、普通のニュース番組で流れている。

はっきり言って違和感しかなかった。

だが、これが今起きていること。現実に起きた事件。ネットのオカルト記事ではなく、TVのニュースで扱われ、警察が動いて、それを取材した人がいる。

SNSの接続障害で一般的になった『#夢見る』の話題は、咲太の願いも空しく、年が明けた今も、世の中の中心的な話題のひとつとなっている。時間とともに『#夢見る』の存在感は薄れるどころか明らかに増していた。

「そう言えば、麻衣さんはどんな夢を見たの？」

何気ない感じで花楓が尋ねる。夢を見ていることを前提にした質問。そのことに、咲太は違和感を覚えなかった。

「私は見てないの」

それに対する麻衣の返事はいたって普通。あの日の朝に聞いた通りの答え。おかしなところは何もない。だが、不思議なことに、咲太は妙な引っかかりを覚えた。

「あ、そうなんだ」

花楓も予想外という反応をしていた。それは花楓にとっても、夢を見ているのが当たり前という認識になっている証拠。

なぜなら、多くの若者がイブの夜に夢を見た。咲太も見た。花楓も見た。健人や樹里、虎之介も見ていた。郁実は咲太と同じ夢を見ていた。

咲太の周囲で、夢を見ていないのは麻衣だけだ。花楓にとってもそうだったのだと思う。だから、麻衣の返事を聞いてきょとんとしていた。

これはただの偶然だろうか。

「さあ、続いては神奈川県の江の島から中継です！」

ＴＶには、華やかな振袖姿の女性アナウンサーが映っている。

それを見ていた母親が、何かを思い出したように麻衣の方を向いた。

「そう言えば、麻衣さん、今年よね？　成人式、じゃなくて……今は、二十歳の集いって言うのかしら？」

「あ、はい。もう来週ですね」

「振袖は着るの？」

「昨日、突然、母が訪ねてきて、『これを着なさい』って置いていきました」

麻衣は鞄からスマホを出して、「これなんですけど」と写真を母親と花楓に見せている。

「わぁ、綺麗な色。麻衣さん絶対に似合う」

花楓が感激の声を上げる。

「本当、素敵ねえ。花楓が二十歳になるのも楽しみね」

「私は、まだまだ先じゃん」

「あと三年でしょ？」

「だから、まだまだじゃん」

麻衣と花楓と母親……微笑ましい三人の会話を聞きながらも、咲太の頭の中には、先ほど浮かんだ疑問が消えずに残っていた。

どうして、麻衣は夢を見てないのだろうか。

午後四時を回り、窓の外が暗くなりはじめると、咲太は「そろそろ、帰るね」と言って立ち上がった。隣では、立ち上がった麻衣がコートと鞄を手に持っている。

「夕飯も食べていけばいいのに」

「このあと、バイトあるから。次はゆっくりできるときに来るよ」

「お兄ちゃん、昨日もバイト入れてたよね？　お正月なのに」

「明日と明後日も入れてるぞ」

そんな話をしながら玄関を出ると、見上げた空の半分は夜になっていた。西の空はほんのりオレンジ色に染まり、そこから淡い青色を通って、群青色から夜の景色に変わっている。

「じゃあ、また」

「お邪魔しました」

マンションの下まで見送りに出てきた父親と母親、それと花楓に手を振って、咲太と麻衣は車を止めてある近くの駐車場に向かった。

三時間分の駐車料金を払って、麻衣は車を発進させた。

ナビの画面には、藤沢までの帰り道が示されている。

「麻衣さん、スマホ借りていい？」

赤信号に捕まったところで、咲太はそう聞いた。

「いいわよ」

ハンドルを握る麻衣の代わりに、咲太は後部座席のバッグの中からうさ耳のカバーが付いたスマホを引っ張り出した。

「これ、ロックは？」

「画面、こっち向けて」

麻衣の顔を認識したスマホは、見事にロックが解除される。健気なスマホだ。

信号が青に変わり、走り出した車の助手席で咲太は電話をかけた。

1コールが終わるよりも早く電話が繋がる。

「お姉ちゃん、なに？　どうしたの？」

聞こえてきたのは、やたらとテンションの高いのどかの声。

「僕だけど」

「なに？　何の用？」

咲太が一声発しただけで、のどかのテンションは頂上から麓まで一気に落ちた。いや、谷底まで転がり落ちた。

「今、平気か？」

「ダンスレッスンの休憩中だから出たんでしょ」

不満そうな口調は、用件をさっさと言えと咲太に訴えかけている。

「まだ三日だってのにがんばるな」

「次のライブが近いの。で、なに？」

「豊浜もイブの夜に夢って見たか？」

咲太がそう聞くと、ハンドルを握る麻衣が一瞬だけ横目を向けてきた。でも、すぐに前を走る車に視線は戻される。耳だけが咲太の方を向いていた。

「はぁ？　急になにそれ」

「いいから教えてくれ」

「見たよ。横浜のホールでライブしてる夢。卯月も……っていうか、うちのメンバー全員同じ会場でライブしてる夢を見てる」

「そりゃあ、すごいな」

「まぁ、四月一日にそこでライブする予定はもう入ってるし。みんな、そんなに驚いてなかったけど」

「いや、そこは驚けよ」

卯月辺りが、「なにそれ、すごい！　私たちやっぱり運命じゃん！」とか言えば、それで話は終わってしまう気もするが……。

「で、咲太、それがなんなの？」

「単に、夢を見たのか聞きたかったんだ」

なので、もう用件は済んだ。夢を見たか、見なかったか。のどかは見た。卯月も見た。スイートバレットの他のメンバーも見た。今はそれさえわかれば十分だった。

「休憩中に邪魔した。じゃあな」

「あ、ちょっと……！」

用件は済んだので、咲太は構わずに電話を切った。のどかはまだ何か言っていたのでかけ直してくるかもしれない。だが、十秒ほど待っても、スマホは鳴らなかった。休憩時間がそろそろ終わりなのかもしれない。別に、どうでもいいと思われたのかもしれない。それは、咲太にとってはどっちでもいいことだ。

「麻衣さん、スマホありがと」

借りたスマホを麻衣のバッグの中に戻しておく。

それを待っていたようなタイミングで麻衣が口を開いた。

「咲太、私が夢を見なかったこと気にしてるの？」

「身近なところだと、麻衣さんだけだからさ」

「私は咲太がおかしな夢を見てることの方が気になるけど？」

「まあ、そうなんだけど……」

麻衣の言い分は正しい。本来おかしいのは、おかしな夢を見た咲太の方だ。花楓や郁実、のどかや卯月、健人や樹里たちの方なのだ。

「夢を見てないのは、咲太のお父さんやお母さんも一緒でしょ」

確かに、父親と母親はそう言っていた。現実みたいな夢など見たことがないと。

「でも、父さんと母さんは大人だし。思春期って歳じゃない」

あの夢が思春期症候群なら、発症するのはそういう年頃の人間だけのはず。何歳までが当てはまるのかはなぞだが……。

「じゃあ、私はもう思春期じゃないのかもね」

当たり前のように、麻衣がぽつりともらす。その言葉には、言葉以上に説得力があった。

「麻衣さんは色々大人だからなぁ」

「咲太も早く大人になりなさい」

冗談っぽく笑いながら麻衣が言う。

「そうすれば、思春期症候群に悩まされずに済むしね」

これが一番の解決策なのは間違いないだろう。問題は、大人の定義がよくわからないこと。少なくとも精神的な不安定さから若者が思春期症候群を発症する以上、ただ年齢を重ねればいいということではないはずだ。内面から成長することこそが、この場合においての大人と言える。そう考えると、麻衣は明らかに大人の定義に当てはまるように思えた。

「……つまり、麻衣さんの言う通りってことか」

「ん？」

「おかしな夢を見た僕らの方に問題がある」

「咲太の場合は、私には見えないサンタクロースが見えたりするところもね」

「そう言われると、僕って相当やばいやつだな」

客観的な視点で見ると、本当にやばい。

「そんな彼氏に理解を示してくれる、素敵な彼女に少しは感謝しなさいよ」

「とりあえず、後期の試験が終わったら教習所に通って、車の運転くらいは代われるようになりたいと思っています」

今日まで黙っていた秘密をひとつ暴露すると、

「それで、冬休みの間、やたらとバイトを入れてるのね」

と言って、麻衣は笑ってくれた。

5

二日後の一月五日。この日、咲太は夕方五時からファミレスのバイトを入れていた。二日から数えて四日間連続勤務。すべては教習所に通う資金を調達するためだ。

冬の寒さに身を縮めながら、ドアを開けて店内に入る。

「いらっしゃいませ」

カランコロンというベルの音に続いて、明るく元気な声が響く。出迎えてくれたのは、小柄なウェイトレスだ。昨日までは、ここで見かけることのなかった女子高生。でも、咲太のよく知る相手だった。

「僕は客じゃないから、『おはようございます』だな」

バイトの先輩として、胸に『研修中』のバッジを付けた姫路紗良にそう教えておく。

「先生はまず驚いてください。『なんで、ここに？』とか、『どうしたんだ、急に？』とか、普通はあるじゃないですか？」

拗ねたような顔で、紗良が咲太に抗議の意思を伝えてくる。

「バイトをはじめたんだろ？　見ればわかるよ」

「もう、つまんないです」

咲太から思い通りの反応が得られず、紗良は不満いっぱいだ。それを適当に聞き流して、咲太は店の奥に入った。「おはようございます」と、挨拶をしながらキッチンの前を通り抜けて、休憩スペースに入る。

後ろからは、紗良の足音がぴったりついてきた。

「先生、この制服、可愛くないですか？」

「よく似合ってるよ」

振り向かずにそう言葉を返す。

「本当ですか？　やった！」

それでも、紗良は手を叩いて喜んでいた。

ロッカーの陰に入って、ウェイターの制服に着替えはじめる。まずは上も下も一旦脱いで、パンツ一丁になった。

「あ、そういや、姫路さん」

シャツの袖に両手を通し、ボタンを留めながら、ロッカー越しに声をかける。まだ紗良の気配は休憩スペースに残っていた。

「なんですか？」

「イブの夜、夢って見た？」

「見ましたよ」

「どんな夢？」

「友達と江の島に遊びに行ってる夢でした」

「江の島、ね」

ロケーションは、健人が見た夢と同じだ。恐らく、樹里とも同じ。

「まさか、山田君を見かけたりしなかったよな？」

ボタンを留め終わると、咲太はスラックスに片足を突っ込んだ。

「見かけましたよ。吉和さんとデートしてるとこ。私のこと好きだったくせに、山田君、酷いですよね」

「姫路さんに線を引かれたから、気持ちを切り替えたんだろ」

ベルトを締めて、エプロンを結ぶと咲太はロッカーの陰から出た。

「山田君から聞いたんですね。私が咲太先生に振られた日のこと」

わざとらしい言い回しで、紗良が唇を尖らせる。

「へ？」

そこに、割り込んできたのは裏返った声。出したのは咲太でも、紗良でもない。

休憩スペースの入口には、ウェイトレス姿の朋絵が立っていた。

タイミング的に、恐らく「振られた」の部分を聞かれた。だからこそ、朋絵は素っ頓狂な声を上げたのだ。

「どうした、古賀？」

とりあえず、何事もなかったかのように話しかける。

「あ、うん。姫路さんにレジ打ち教えようと思ったのに、フロアにいないから」

つまり、紗良を捜しに来たというわけだ。

「じゃあ、それ、咲太先生に教えてもらいます」

わざわざ咲太の隣にやってきた紗良が、肘のあたりを摑んでくる。朋絵の視線は、咲太を摑んだ紗良の右手に向かっていた。反射的に……。

「先輩、なにしたの？」

じろりと朋絵が睨んでくる。どこか不機嫌で、不貞腐れたような顔をして……。

「あ、朋絵先輩、もしかして焼きもちですか？」

咲太が答えるより先に、紗良がからかうような口調で言葉を返した。

「そ、そんなわけないでしょ！」

「でも、焦ってるじゃないですか？　咲太先生と朋絵先輩って、前になんかあったりして？」

明らかに紗良はわかった上で、しゃべっている。つい先日まで、紗良は人の心の中を覗くことができたのだ。咲太と朋絵の断片的な思考を繋いでいけば、おのずとふたりの間に何かあったことには気づけるはず。具体的な内容まではわからないまでも。

「何もありません。ほら、レジ打ちに行くよ」

ぴしゃりと話を区切って、朋絵はフロアに戻ろうとする。

「あ、ちょっと待ってください。ひとつだけ、咲太先生に話しておきたいことがあるんです」

言いながら、すでに紗良はポケットからスマホを出して、何やら操作していた。

「これ、なんですけど……咲太先生、知ってました？」

隣から紗良がスマホの画面を見せてくる。

表示されていたのはつぶやき系SNS。『#夢見る』を付けた書き込みだった。

——桜島麻衣が霧島透子だとカミングアウト。四月一日。赤レンガ倉庫音楽フェス。#夢見る

——バンドのゲストボーカルで、桜島麻衣が霧島透子の曲を歌ってた。しかも、自分が霧島透子だって発表！　#夢見る

——なんか同じ夢を見てる人、結構いるな。俺も見た。音楽フェスで桜島麻衣が霧島透子だって言うやつ。#夢見る

——これ、確定でしょ。霧島透子の正体は桜島麻衣。#夢見る

そんな書き込みが延々と続いている。

画面を十数回スクロールさせた程度では終わりが見えてこない。

それもそのはずだった。

「こんなのが五千件以上、あるんですけど……」

どこか不気味なものを感じているのか、そう教えてくれた紗良の声には様子を伺うような慎重さが含まれている。ただの偶然では片付けられない。ただ事ではないという感情が、真剣な紗良の表情には表れていた。

「とりあえず、五千件は確かに多すぎるな」

それが咲太の率直な感想だった。

この日のバイト中は、紗良が教えてくれた五千件を超える書き込みのことが頭から離れなかった。

音楽フェスの夢を見たという話。

観客として参加していたという話。

その誰もが、桜島麻衣がステージ上で、自分が霧島透子だとカミングアウトしたと語っている。そういう夢。

咲太が見た夢の内容と一致している。たぶん、まったく同じだ。視点が違うだけで。

つまり、書き込みのひとつひとつは、あの場にいた観客ひとりひとりのもの……ということになるのだろう。

咲太と郁実が同じタイミングの夢を見たように、五千人以上があの瞬間の未来を同時に夢で見ていたことになる。

ここまで来ると、不思議という言葉だけで表現するのは少し難しい。気味が悪いというのが咲太の本音だ。

だから、少し手が空くと、ＳＮＳの書き込みのことを考えずにはいられなかった。そうしてバイトの時間は流れていく。

時給を発生させながら……。


夜の九時には、高校生の朋絵と紗良が上がり、フロアは咲太と店長、もうひとりの大学生アルバイトで回すことになった。今日がバイトの初日だった紗良は、「お先に失礼します。咲太先生」と笑顔で手を振って帰っていった。

それからすぐに一時間が経過して、咲太も上がりの時間を迎えた。今夜の客足は少ない方だったので、店長から「時間になったら上がって」と九時半の段階で言われていた。

言われた通り、十時ぴったりに「お先に失礼します」と挨拶をして、エプロンを外しながら店の奥に引っ込んだ。

着替えるため、ロッカーの置かれた休憩スペースに入る。すると、誰もいないと思っていた室内に、女子高生がひとりぽつんと残っていた。スマホを見ているのは朋絵だ。

「古賀、まだいたのか？」

「あ、先輩」

「スマホばっかり見てないで早く帰れよ」

「話しておきたいことあるから、待ってたんじゃん」

スマホから顔を上げた朋絵がそんなことを言ってくる。

「なんだ？　僕に苦情でもあるのか？」

紗良のことだろうか。それなら、多少の文句は言われそうな気がする。だが、朋絵が口にしたのはまったく別の話だった。

「先輩、『#夢見る』の書き込み気にしてたみたいだから。あたしが見た夢のこと、伝えておこうと思って」

じっと咲太を見据える朋絵の目は真剣だ。わざわざ、咲太のバイトが終わるのを待っていたのも気になる。恐らく、バイト中にさらっと話せる内容ではないから、終わるまで黙っていたのだろう。そうなると、場所を変えた方がいいかもしれない。

「すぐ着替えるから、ちょっと待っててくれ。ここじゃあアレだし、帰りながら聞く」

「わかった」

頷きながら、朋絵はそう答えた。

店を出ると、咲太と朋絵は藤沢駅の方へ足を向けた。

「古賀も、イブの夜に夢を見たんだな」

「なんか、みんな見てるよ。奈々ちゃんも、クラスの友達も……見てないって言ってる人いたかな？　いなかった気がする」

同世代に限った話にはなるが、咲太が知っている中で「見てない」と言ったのは、今のところ麻衣だけだ。朋絵の周りにもいないとなると、やはり見ていないのはレアケースということになる。

駅前を通り抜けて、駅の東側に歩みを進める。徐々に人通りが減ってきたところで、咲太は本題を切り出した。

「んで、古賀も、麻衣さんのカミングアウトの夢でも見たのか？」

「それは見てない」

「じゃあ、なんだ？」

「あたしが見たのは、四月一日よりもっと前の日の夢で」

「どんくらい？」

「二月四日」

随分、明確な日付が出てきた。今のところ、咲太の頭の中に引っ掛かる要素はない。節分の次の日……という以外の情報は特になかった。

「その日がどうしたんだ？」

「桜島先輩が、藤沢警察署のイベントで、一日警察署長をするんだけど」

「そうなのか？」

そんな話、咲太は知らない。

「イベント中の事故で、意識不明の重体になったってニュース、夢の中で見たの」

これも、はじめて聞く話だった。

「本当か？」

「こんなことで、嘘吐くわけないじゃん」

「それもそうだな」

「倒れてきた機材の下敷きになって病院に運ばれたって、ニュースでは言ってた」

あくまで夢の話。それを、朋絵は本当に見てきたことのように、深刻なテンションで語っている。表情も真剣そのものだ。

一日警察署長の話も、機材の下敷きになる話も、『#夢見る』にはなかった情報。麻衣に関する書き込みは、四月一日の音楽フェスでのカミングアウトに集中している。

咲太が見た夢も、郁実が見た夢も、同じ日の似たような時間帯しかない。

「病院に運ばれた麻衣さんが、その後どうなったかはわからないよな？」

「少なくとも、四月九日までは、意識が戻ったっていう発表はなかったよ」

「……は？」

思わず、間抜けな声がもれる。今、朋絵はなんと言っただろうか。

「だから、四月九日までは、なんの発表もなかったの」

どうやら、咲太の聞き間違いではなかったらしい。

「先輩に聞いても、詳しくは教えてくれなかったし」

夢の中の出来事に対して、朋絵が今ここにいる咲太に不満をぶつけてくる。

というか、それ以前に色々とおかしい。

一体、朋絵は何の話をしているのだろうか。

咲太が見た夢や『#夢見る』に書かれた話とは、具体性とボリュームが違いすぎる。大きくかけ離れている。挙句、夢の中で、意思を持って咲太に連絡を取ろうとしている。まるで、夢の中で普通に生きているみたいに……。

「なあ、古賀」

「なに？」

「そんな何日も、夢の中で体験したのか？」

似たような経験を、咲太も前にしている。それも朋絵と一緒に。高校二年生の夏。同じ日々が何度か繰り返された不思議な思い出……。

「何日もっていうか……」

そっぽを向いた朋絵は、それ以上言いたくない顔をしている。

だから、咲太はぴんと来た。

「まさか、イブの夜から四月九日まで、全部見たのか？」

「そうだったら、なに？」

ふてくされた朋絵の口は、咲太の言葉を認めている。

以前、朋絵が発症した思春期症候群。未来のシミュレーション。ラプラスのプチデビルの再来だ。

「別に、今回は何度も同じ日を繰り返したわけじゃないし」

言い訳でもするように、朋絵が視線を前に向ける。

「さては、もうすぐ高校も卒業だし、『大学で友達できるか、心配』……とか不安になってたんだろ？」

「うるさいなぁ」

図星を指された朋絵が頬を膨らませる。

「先輩はどうなの？」

「ん？」

「大学で友達増えた？」

朋絵が無理やり話を変えてくる。

「まあ、よく話すのは、ひとりかふたりだな」

拓海に関しては、友人と表現して問題ないはず。むしろ、違うと言ったら、きっと拓海は大げさに驚くに違いない。

もうひとりの美織に関しては、向こうから「友達候補」と言われている段階。だから、まだ友達ではないのだと思う。咲太としては、別に友達でも構わないのだが……。

「でも、なんか高校のときとは、ちょっと感覚が違うかも」

「どう違うの？」

「国見とか、双葉ほど、相手のことをよく知らないまま、なんとなく付き合ってる」

高校時代はみんなの活動エリアが重なっていたから、その分、人間関係の密度も今より高かった気がする。誰がどの辺に住んでいるのか……そんな情報も、知らず知らずのうちに自然と入ってきた。そういう近さがあった。

だが、大学に入ってからは、活動エリアが一気に広がり、ひとりひとりの重なる部分が殆どなくなったように思う。キャンパスを出たら、誰がどこで何をしているかなんてまるでわからない。そうした距離の遠さが、そのまま人間関係の薄さにも繋がっている。

それがいいとか、悪いとかではない。

ただ、環境がそうなったというだけの話。

その中で、みんな手ごろな距離を保ち、お互い傷つかないよう上手にやっている。

「ふーん。そうなんだ」

咲太の言葉を素直に聞いていた朋絵だったが、その返事にはいまいち実感がこもっていない。まだわからないという顔をしていた。

「古賀の場合は、また焦って、苦手なグループに入らないようにしないとな」

「そのときは、毎日先輩に愚痴を聞いてもらうからね」

「週一くらいにしてくれ」

「あ、もう、ここでいいよ」

T字路に差し掛かったところで、朋絵は一旦足を止めた。左に行けば朋絵の帰り道で、右に行けば咲太の帰り道だ。

「古賀、今日はあんがとな。めちゃくちゃ助かった」

プチデビルの再発動は少し心配だが、おかげで、大事なことがひとつわかった。

「じゃあ、今度、賞味期限が二時間のモンブランおごってね」

「十個でいいか？」

「一個でいい！」

「遠慮するなよ」

「もう、お礼する気があるなら普通にしてよ」

「僕ってシャイだからな」

「はいはい、それじゃあ、またね、先輩」

呆れた顔で手を振って、朋絵が帰り道を歩き出す。しばらくその背中を見守っていると、困った表情で朋絵が振り向いた。

「帰りにくい」

そう言って、咲太も帰るようにと、反対の道を指差す。かと思うと、咲太の視界からいち早く逃れるために、朋絵は走り出した。おかげで、すぐにその背中は見えなくなる。

「ほんと、古賀は見てて飽きないな」

独り言をつぶやいて、朋絵とは反対の帰り道を歩き出す。住宅街の中を、咲太の足音が進んでいく。息遣いだけが聞こえている。

ただバイトに来ただけなのに、今日はまた妙な話を聞かされた。

紗良が教えてくれた咲太と同じ夢を見た人たちの存在。

そして、朋絵が見た未来のシミュレーション。

わけのわからない出来事が連続する中で、ひとつだけはまったパズルのピースがある。

麻衣が意識不明の重体になる。

朋絵が見たその未来は、『麻衣さんが危ない』というメッセージに、この上なく合致している。それを先に知っておけて本当によかった。機材の下敷きになるというのなら、回避することはさほど難しくないはず。

わけがわからないことが多い中で、この一点だけは安心できる。

だが、気がかりなことも当然ある。もうひとつのメッセージ……『霧島透子を探せ』とは、まだピースが組み合わさっていない。

それに、咲太が見た夢の中で、どうして麻衣は自らを霧島透子だと語ったのか。わからないままだ。

一体、何と何が関係していて、何と何が関係していないのか。

考えるだけで頭がこんがらかってくる。

「もう、わけわかんなくなってきたな……」

無自覚にこぼれた独り言は、あまりにも的確に咲太の心境を語っていた。

この日の夜、麻衣から電話があった。

何気ない話の中で、

「あ、そうだ。二月四日に一日警察署長をすることになったのよ」

と、咲太は麻衣の口から聞かされた。

朋絵が言っていた通りになっている。

6

冬休みは終わり、翌日の一月六日から大学は再開された。

咲太は朝から準備をして、一限の授業に間に合うように家を出た。藤沢駅からまずは東海道線に乗って横浜駅に。そこから京急線に乗り換えて、金沢八景駅に降り立った。家を出てから約一時間の通学ルート。

ホームには、当然のように学生が溢れていた。ぞろぞろと列をなし、改札口に向かっている。咲太もそうした人の流れの一部になっていた。

毎朝の見慣れた景色。大学生としての日常が戻ってきたことを実感する。

ただ、この日の咲太はちょっとした違和感を覚えていた。

何かが違う。

いつも以上に視線を感じる。桜島麻衣の彼氏……という以上の視線だ。

疑問に思いながら改札を抜けて、駅の西側に出る階段を下りる。妙な居心地の悪さを感じながら線路沿いの道を歩いていると、追いかけてきた足音に後ろから声をかけられた。

「梓川、あけおめ」

咲太の隣にやってきたのは、同じ統計科学学部に在籍する福山拓海だ。黒のダウンジャケットの中から、よく目立つオレンジ色のマフラーが見えている。

「あけましておめでとう」

「ことよろ」

「今年もよろしくお願いします」

淡々と新年の挨拶を返しておく。

「真面目か」

「挨拶はちゃんとするようにって、世界一かわいい彼女に躾けられてるんだよ」

「羨ましいな、それ」

咲太の冗談を拓海が真に受ける。いや、冗談とも言えないところはあるが。

「そうそう、その世界一かわいい桜島さんのことなんだけどさ。あれってまじ？」

「どれのことだ？」

有名人の麻衣には、何かと話題がつきものだ。

「霧島透子の正体だって、SNSで騒がれてるやつ」

「夢で未来が見えてるとか、本気で信じちゃまずいだろ」

「でも、この集団未来視は本当になるって話題だぞ」

スマホの画面を拓海が見せてくる。ニュースサイトに掲載された記事。見出しには『集団未来視』という見慣れない文字が躍っている。記事の中では、過去にも似たような出来事が海外であったとか紹介しつつ、クリスマスに多くの若者が見た夢について、もっともらしく解説されていた。でも、読んでも意味はよくわからなかったが……。

「福山はどんな夢を見たんだ？」

「俺はなんか北海道に帰ってた」

「なんで、北海道？」

「実家だから」

けろっとした顔で拓海が答える。

「それは初耳だな」

「俺、自己紹介で言ったよね？　絶対に」

「てか、北海道からうちの大学に来るのって、流行ってるのか？」

北海道出身と言えば霧島透子……岩見沢寧々のプロフィールにそう記されていた。

「なんでさ」

何も知らない拓海は、質問の意図がよくわからないという顔になっている。

「最近、北海道出身の学生と知り合ったから」

「梓川のことだから、かわいい女子だな」

身を乗り出して拓海が食いついてくる。咲太は近づかれた分、そっと距離を離した。

「麻衣さんほどではないけどな」

できればそうしてあげたいが、物理的にそれは不可能だ。なぜなら、彼女は咲太にしか見えていないから。そんないかれた理由を真面目に伝えると、頭のおかしいやつだと思われるので、当然、拓海に話したりはしない。こういうときは、適当に話を逸らしておくに限る。

「福山は、なんでうちの大学を選んだんだ？」

首都圏に出てくるのなら、他にも選択肢はたくさんあったはず。わざわざ横浜市内にある市立大学を選んだのには、明確な理由があってもおかしくない。

「露骨に話を逸らすなって。さては、相当かわいいんだろ」

残念ながら、拓海は話に乗ってきてはくれなかった。愛に飢えているようだ。

「わかったよ。向こうのオッケーが出たら、紹介する」

「まじ？　俺、梓川の友達でよかったわ」

相手が透明人間だと知っても、拓海は喜んでくれるだろうか。

そんなことを考えながら正門を通り抜けた。

久しぶりのキャンパス内。

銀杏の葉がすっかりなくなった並木道を進んでいく。

「なあ、梓川」

「ん？」

「そういや、俺ってなんでこの大学を受験したんだっけ？」

「……」

冗談かと思って拓海の顔を見たら、眉根を寄せて考え込んでいた。

「なあ、福山」

「ん？」

「頭、大丈夫か？」

どう考えても、ダメだと思う。

そう結論が出たところで、咲太と拓海は本校舎に到着した。


この日は、大学内のどこにいても視線を感じた。

授業中の教室でも、移動中の廊下でも、学食でカレーを食べているときも……誰かしらの意識が咲太に向けられていた。その目は、その意識は、「桜島麻衣が霧島透子なのか？」と、無言で咲太に問いかけてくる。

そのたびに、心の中で「違いますよー」と答えたが、咲太の思いは誰にも届かない。

「今朝、福山が言ってた話、みんな知ってんだな」

「まあ、そうなんじゃない」

同じくカレーを口に運ぶ拓海の口調は軽い。それは、当たり前の話だから。もはや、周知の事実だから。もっと言えば、常識に近い認識になっている。

ただの噂だったはずのものが、事実のように受け取られている印象。

半日過ごしただけで、話題の大きさと、情報の拡散速度を実感するには十分すぎるほどの注目の浴び方だった。

「今日、麻衣さん、休みでよかったよ」

週末にかけてドラマの撮影で京都に行っている。

さすがの麻衣も、嘘が蔓延するこの状況にはうんざりするはずだ。

「あ、そうだ。梓川」

「カレー、口についているぞ」

「俺、今月の三十日が誕生日だから」

口元を拭きながら、拓海が聞いてもいないことを教えてくる。

「そりゃあ、おめでとう」

「だから、その日までに北海道女子の紹介よろしく」

「善処はするよ」

鬱陶しい視線から咲太がようやく解放されたのは、三限の基礎ゼミの時間。

昨年末に教授から予告されていた通り、この時間は試験が行われていた。

一般教養の授業はレポート課題で終わるパターンが多い中、試験という形で小論文を仕上げなければならない。

ちなみに、ノートと参考文献の持ち込み可。スマホの使用は不可。高校の頃にはなかった試験のルールとなっている。

開始から四十分が経過した教室内には、シャーペンを走らせる音だけが聞こえていた。いや、咲太の隣からは、「うーん」という拓海のうめき声も時折聞こえている。

それ以外は静かなものだ。

適度な緊張感を伴った静けさが続いている。その空気が試験終了まで続くものだと思っていたが、今日に限ってはそうならなかった。

突然、ガラッと大きな音が割り込んできたのだ。

誰かが教室の後ろのドアを勢いよく開けた音。

それでも、試験中の教室内では誰も振り返らない。約三十人の学生は、小論文を書き上げることに集中している。

咲太も気にせずにシャーペンを走らせた。

大方、遅刻した学生が今頃やってきたのだろう。

そう決めつけていると、後ろから踵を鳴らした足音が近づいてきた。その足音は、目的地に到着したかのように、咲太の横で立ち止まる。影がかかって、少し手元が暗くなった。

「ちょっと付き合って」

頭の上から声をかけられる。

疑問に思いながら、咲太はゆっくり顔を上げた。

視界に入ったのはひとりの女子大学生。

霧島透子……本名は岩見沢寧々だった。

「話があるの」

咲太の目を見て、透子がはっきりそう口にする。

その声は、今、教室にいる全員に聞こえたはず。約三十人の学生にも。教室の端で暇つぶしに本を読んでいる白髪の教授にも……。

だが、誰も反応しない。

決して、試験に集中しているからではない。隣に座る拓海は、もう集中力が切れて、参考資料をぱらぱらとめくっているだけだ。教室の前の方には、試験が終わるのをぼーっと待っている学生もちらほらいる。試験開始から一時間が経てば、終わった者から出て行っていいルールになっているので、それを待っているのかもしれない。

どちらにしても、試験中に突然話し出す学生がいれば、何人かは反応するはずだ。教授だって、さすがにスルーしない。

このおかしな状況がまかり通っているのは、誰も透子のことが見えていないから。声が聞こえていないからだ。

声に出して答えるわけにもいかず、咲太はノートに返事を書いた。

——今、試験中です

「じゃあ、終わるまでここで待ってる」

あろうことか、透子は咲太の真ん前の席に横向きに腰を下ろした。顔は当然のように咲太の方に向けられている。じっと咲太を見ている。意思を持った視線が注がれている。

邪魔で仕方がない。

さっさと話をつけて、試験に集中した方がよさそうだ。

「すみません。お腹が痛いのでトイレに行ってきます」

そう宣言して席を立つ。ちょっと前かがみになって、片手でお腹をさすった。麻衣に見られたら絶対に笑われる下手な演技。

それでも、教授は何も言わずに「行ってよし」とばかりに、無言でドアを指差した。

これで堂々と出て行ける。

満足した顔で透子も席を立った。椅子が音を鳴らすが、やはり誰も反応しない。その際、拓海のマフラーが床に落ちていることに透子が気づいた。身を屈めて透子が拾い上げる。ほこりを払うようにしてから、そっと拓海の机の上に戻した。

「……」

無反応の拓海をじっと透子が見据える。お礼でも期待しているのだろうか。だが、当然のように拓海は透子の存在に気づかない。

やはり、見えていない。これでは、紹介するのは難しい。誕生日プレゼントは、別のものを用意するとしよう。

「ふんっ」

透子は自分を認識しない拓海を鼻で笑うと、教室の後ろにすたすたと歩き出した。咲太もそれについていく。一応、お腹が痛そうに……。すると、後ろの方に座っていた美織と一瞬だけ目が合った。その目は何やら咲太を咎めている。仮病だと思われているのだろうか。たぶん、そうだ。

試験中の教室から出ると、透子は長い廊下を端から端まで歩いて、誰も使っていない教室に入った。あとから入った咲太がドアを閉める。

ふたりだけの教室は、試験会場よりも静かだ。

「僕に何の用ですか？」

咲太は今、試験の真っ最中。できるだけ手短に済ませたい。

「君の彼女はどういうつもり？」

「どういうって？」

「なんで、霧島透子だなんて言われてるの?」

「誰かさんが、みんなに変な夢を見せたせいだと思いますけど」

「君の彼女でしょ? おかしな誤解はさっさと解いて」

「僕だって、麻衣さんのためにそうしたいですけど……文句があるなら、『わたしが本物の霧島透子です』って、名乗り出たらいいんじゃないですか?」

窓の外には、本校舎の中庭が見えている。クリスマスイブに透子がライブ配信を行った場所だ。

「なんなら、今、ここから生配信するのはどうですか? 手伝いますよ」

これが一番手っ取り早い方法だ。

「やっても無駄よ」

「試したんですか?」

「顔出しの映像は、どうせみんなには見えない。見えるのは、遠巻きに撮影した後ろ姿くらいだから」

それでは、シルエットくらいしかわからない。

「だったら、まず認識されるようになるしかないですね」

そのためには、透子が見えなくなった原因を知る必要がある。簡単に教えてくれるとは思えないが……。場合によっては、本人ですら知らない可能性だってある。

「霧島さんに、こうなった心当たりはないんですか？」

「ない」

　透子が即答する。

「岩見沢さんにも心当たりはないんですか？」

「……」

　今度は沈黙。

　それは、肯定の沈黙だった。

「あるみたいですね」

　何度か話してわかったが、透子は嘘を吐くのが下手だ。図星を指されると、今のように黙り込む癖がある。

「君の彼女が否定すれば済む話でしょ」

「一度、広まった噂と誤解を否定するのって、意外と難しいじゃないですか」

　信じて疑わない人はいる。どっちでもいい人にとっては、どっちでもいい話に過ぎない。そういう人たちには熱量を持って真実を語ったところで、こちらの言い分が伝わらないことだってある。何を真実とするかは、その人の認識次第だ。

「わかったようなことが言えるなら、なんとかできるよね？」

　試すような視線で透子が語りかけてくる。

「どうにかできたら、何かお礼をもらえるんですか？」

その視線を真っ向から受け止めて、咲太はそう返した。

「そう、ね」

透子が腕を組んで考え込む。

すぐに名案が浮かんだのか、口元には笑みがこぼれた。

透子は真っ直ぐに咲太を見つめると、

「一日、デートしてあげる」

と、言ってきた。

「お泊まりデートくらいじゃないと、心が躍らないんですけど」

「わたしはそれでもいいよ。彼女がこわくないなら」

透子の瞳が、楽しそうに咲太を挑発してくる。この会話を楽しんでいる。

「わかりました。僕がなんとかします」

「契約成立ね」

差し出してきた透子の手を握る。

麻衣のおかしな誤解を解いて、透子のことを知る機会が得られるのなら、咲太に断る理由はない。お泊まりデートは冗談としても。

「じゃあ、よろしく」

そう言って、手を離した透子は先に教室を出て行こうとする。

「そういや、霧島さんはどんな夢を見たんですか？」

透子の背中にそう問いかける。

無視されるかと思ったが、ドア口で立ち止まった透子が咲太を振り返った。

「わたしは見てないよ」

今となっては意外な答えだ。麻衣に続いて、二人目。

「麻衣さんと同じですね」

咲太の反応に、透子は少しだけ嫌そうな顔になる。

「余計なこと言ってないで、君は早く教室に戻った方がいいんじゃない？　時間、もうないよ」

その言葉の途中で三限の終わりを告げるチャイムが鳴る。咲太にとっては、試験終了を意味する鐘の音だ。

今度は咲太が嫌そうな顔になる。それを見て満足したのか、透子は「またね」と手を振って教室から出て行った。

基礎ゼミの試験が行われていた教室に咲太が戻ると、すっかりもぬけの殻になっていた。答案用紙は回収済みで、残っていたのは咲太の荷物と、通路を挟んだ隣の席に座るハーフアップの後ろ姿だけ。見覚えのある背中は、同じく基礎ゼミの試験を受けていた美織だ。

美織が咲太の気配に気づいて振り返る。

「おかえり、ゲリピー君」

「来年はじまる朝ドラのタイトルか？」

「さすがに朝ドラは無理じゃない？」

咲太の返事に、美織が楽しそうに笑う。

「基礎ゼミのみんなは、新年会あーんど、試験お疲れ会ということで、さっさと出て行きましたとさ」

がらんとした教室を見ながら、そう教えてくれる。そう言えば、拓海がそんなことを言っていた。美織とはじめて話したのも、この基礎ゼミを切っ掛けとした懇親会だった。

「美東は行かなかったのか？」

「飲み会に行くと、わたし、モテるからなぁ」

これが嫌味に聞こえないのが、美織のすごいところだ。

「というか、梓川君に聞きたいことがあって」

「僕のタイプか？　もちろん、麻衣さんだよ」

「じゃあ、さっき一緒に出て行った女の人は誰ですか？」

「……」

予想外の質問に、言葉が詰まる。

「試験の最中に逢引とは、やりますね」

一瞬、何を言われたのかわからず、思考も止まった。

今、美織はなんと言っただろうか。

「あの人、時々、サンタの格好してるよね？　ミニスカートの」

戸惑う咲太に構わず、美織はそう続けた。

これは、間違いない。

「……美東、見えてたのか？」

「あんなに堂々としてたら、そりゃあ目に入るでしょ」

「じゃなくて、見えてたんだな？」

「その、見えてるってなに？」

美織が文字通り首を傾げる。表情には、「なに言ってるかわからない」という、困惑を含んだ疑問が貼り付いている。

「さっき一緒に出て行った女の人は、僕と美東以外には見えてないんだよ」

「……」

今度は、美織が固まった。きっと、思考も止まっている。何を言われたのか、意味がわかっていない顔だ。

しばらく、美織は瞬きだけをぱちぱち繰り返していた。

「……」

「……」

長い長い沈黙。

美織の唇が再び動いたのは、四限開始のチャイムが鳴ったときだった。

「ねえ、梓川君」

「なんだ？」

「頭、大丈夫？」

たっぷり考えてから、美織が言い放ったのはシンプルな言葉。

この状況に、最も相応しい言葉だった。

第二章　トナカイの仕事

1

霧島透子について咲太が説明している間、美織は概ね神妙な面持ちだった。時折、「胡散臭い話だなぁ」という顔もしていた。だが、途中で余計な口は挟まずに、まず話を最後まで聞いてくれた。

ある日、ミニスカサンタと出会ったこと。

彼女が咲太にしか認識できていなかったこと。

霧島透子と名乗ったこと……。

『#夢見る』に関係していることや、どうも思春期症候群を誘発しているらしい……という点については、ひとまず割愛した。ちゃんと説明するには、卯月や郁実の話までしないといけなくなる上に、内容が多すぎて単純に日が暮れてしまう。

美織にも我慢の限界はあるだろう。だから、美織がしびれを切らす前に、咲太は簡潔に話を納めることにしたのだ。

「とりあえず、僕がわかってることは、こんなところだな」

「質問いいですか？」

待っていましたとばかりに、美織が元気よく手を挙げる。

「はい、どうぞ」

咲太も負けずにわざとらしく促した。

「なんで、わたしと梓川君にしか見えないんですか？」

美織は当然の疑問をぶつけてくる。まずそれが気になる。当たり前の反応だった。

「それは僕が知りたい」

できれば美織に理由を教えてあげたいが、咲太もわかっていない。「知りたい」というのは、まさに咲太の本音だった。

どうして、咲太には見えるのか。

そして、どうして美織には見えるのか。

「こわっ」

美織が感情をそのまま口に出す。冷静に考えると確かにこわい。いや、冷静に考えなくてもこわい。どう考えても異常事態に違いない。

美織のおかげで、自分の状況を咲太は客観的に捉えることができた。捉えたところで、不安が増すだけではあったが……。

「でも、そっか」

そんな咲太を気にせずに、美織が何か納得したように天井を見上げた。

「だから、前に『サンタがいる』って真奈美に言ったら、変な顔されたんだ」

謎が解けた、と美織が笑う。力のない乾いた笑みだ。「あはは」と声に出して、「はぁ」とため息を吐いていた。

「てか、あの人、生きてるんだよね？　幽霊とかじゃなくて」

再び、神妙な顔つきになった美織が投げかけてくる。

「とりあえず、さっき、握手はできたな」

「感触は？」

「ちゃんとあたたかかった」

「んじゃあ、幽霊じゃないかな」

今のやり取りで納得するのもおかしい気はしたが、咲太はあえて突っ込まなかった。元々、おかしい話をしているのだ。おかしくて当たり前。

「実際は、見えないっていうより、僕と美東以外には、認識されていないって感じだな」

「わかるような……」

そう言いかけた美織だったが、途中で大きく首を捻ると、

「やっぱり、さっぱりわからない」

と、言い直した。

「本人だけじゃなくて、例えば、ミスコンのＨＰなんかは、『岩見沢寧々』のページだけ福山には見えてなかったんだよ」

　つまり、彼女の存在に関わる情報を認識できてないのだと思う。認識できるのは、個人を特定できない遠くからのシルエット。それと、本人を特定できない歌声だけ。

「ミスコンのＨＰねぇ。それ、わたしは見えるのかな？」

「見てもらえば、すぐにわかるけど……」

　言っている途中で、咲太は大事なことを思い出した。

「そういや、美東ってスマホ持ってないんだったな」

「うわー、梓川君にだけは言われたくなーい」

　文句を言いながらも、美織はトートバッグに手を伸ばす。中から引っ張り出したのは、四角くて平べったいダークグレーの物体。リンゴのマークのノートＰＣだ。

　そう言えば、家のＰＣでネットは見てるとか、前に美織は言っていた。

「それ、毎日、持ち歩いてるのか？」

　薄型、小型とは言い難い美織のノートＰＣは、それなりの重量がありそうだ。

「今日は三限までなので、課題レポートをやろうと思って持ってきたのです」

　勝ち誇った表情で、美織は「ふふん」とご機嫌に鼻を鳴らしてノートＰＣを開く。

　すぐに電源をオン。

　横から画面を覗き込もうとすると、美織は半分閉じて咲太には見えないよう、それとなくガードした。

「乙女のデスクトップはのぞき見禁止」

「さては、いかがわしいファイルがあるんだな」

「そりゃあ、あるでしょ」

「ますます気になるな」

そう言いながらも、咲太は身を引いた。

起動したノートPCを美織が慣れた手つきで操作する。

「あ、これかな。ミスコンのHP。去年のグランプリで、当時は国際教養学部の二年生。北海道出身。誕生日は三月三十日。身長は161センチ」

「それだな」

「SNSもやってるんだね。写真いっぱいの」

美織が画面を軽く咲太の方に傾けてくる。今度は見てもいいようだ。

画面いっぱいに、岩見沢寧々のフォト系SNSが表示されている。

モデルの仕事のこと、大学生活のこと、今日のファッションのこと……それらが写真とともに、短いコメントで語られていた。

きらきらと輝いた日々の活動報告。

全体の印象を一言で表すとすれば、それは『充実した大学生活』だ。

誰もが憧れるような、そうなりたいと思うような……明るくて、エネルギーに満ちた彼女の日々がそこにはあった。

「美東から見てさ。彼女に消えたくなるような事情があると思うか？」

画面をゆっくりスクロールさせていた美織の手が止まる。

「四月に更新が止まってるから、四月に何かあったんじゃない？」

質問に答えながら美織は顔を上げた。咲太の反応を確認するように、ぱちくりと瞬きを二回する。

「何かって例えば？」

「休学明けの麻衣さんが大学に現れた、とか。その麻衣さんがみんなからの注目を一瞬で奪っていった、とか」

ある種の意図を持って、美織はその名前をさらりと口にした。

「なるほど……」

美織は鋭いところを突いていると思う。

「この人、モデルをして、ミスコンのグランプリで……それまで、大学内ではさぞ目立ってたんだろうし。ちやほやされたりしてたりしてね」

「まあ、想像はできるな」

SNSの投稿からは、そういうオーラを感じる。

「麻衣さんが現れるまで、このキャンパスは岩見沢寧々というお姫様の国だったんじゃないかな？」

「でも、そこに『桜島麻衣』という女王様が現れたわけだ」

「相手が麻衣さんじゃ、そりゃあ、一瞬で滅亡するよね」

一般的な大学生と比べれば、岩見沢寧々には一国を支配する素質があったのかもしれない。学生のうちからモデルの仕事をして、ミスコンという場でも人目を引きつけていた。自分に自信もあっただろう。他の学生とは違うという自負も芽生えていたはずだ。その事実は、彼女に優越感を与えていたと思う。

周りの学生とは違う特別な自分。何かになっている自分を誇っていた。

だが、そこに『桜島麻衣』が襲来した。

子役から活躍し続けている国民的知名度の有名人。

ドラマ、映画、CM、モデル……幅広く活動し、今や至る所でその名前と姿を、目と耳にする。知名度も、経歴も、『岩見沢寧々』とは比べ物にならない。

当然のように、勝負にもならず、あっさり大学内ナンバー1の座を奪われた。

「綺麗なティアラとドレスを取り上げられて、一般人に格下げって感じだったのかも。二番目の有名人って感じにもなれなかっただろうし」

「まあ、麻衣さんの次を名乗るには、戦闘力が足りないかもな」

スケールとか、ステージとか……要は、格が違う。

卯月やのどかも、麻衣に続く有名人という扱いにはなっていない。

「それだけ、突然大学に現れた芸能人『桜島麻衣』のインパクトは大きかったわけだ」

寧々が築き上げてきた誇らしい自分が、一瞬でその価値を失うほどに……。

「だから、岩見沢寧々は消えた。自分の価値を認めてもらえなくなって」

今まですれ違いざまに向けられていた異性からの好意的な視線や、同性からの妬みの視線が届かなくなった。

周囲からの評価が変わってしまった。

特別ではなくなった。特別とは『桜島麻衣』を指す言葉だから。

「うーん、それはちょっと違うんじゃない？」

わかったつもりになっていた咲太に、美織が異を唱える。

「どう違うんだ？」

美織の言いたいことがわからず、咲太は素直に聞き返した。

「麻衣さんが現れて、みんなの視線を全部奪われて、特別じゃなくなって、みんなと同じ一般人になって……そんな自分のことを、いつも周りにいた自称お友達たちが笑っているのがわかったから、惨めになって隠れたんじゃないでしょーか」

閉じたノートPCの上に両手を揃え、いつもと変わらないトーンで、いつも通り的確な言葉で美織は思ったことを語った。

「……」

すぐに返す言葉が浮かばない。

美織の発言は、寧々の立場や心境を、正しく捉えていると思えたから。

「今まで他人にマウントを取ってた人が負けるのって、やっぱり『ざまぁ』って思うでしょ？」

「ま、そうだな」

「自称傷ついた人たちって、自分は誰も傷つけてないと思ってるからさ」

「それか、自分は傷つけてもいいと思ってるかだな」

「それが弱者の特権、みたいなね」

冗談っぽく美織は声に出して笑う。洒落のように言ってはいるが、その発言はやはり芯を食っている。

そのギャップがおかしくて、咲太は息がもれるように笑っていた。

自然と会話が途切れる。

「……」

「……」

ただ、笑いの雰囲気だけは残っていた。

「美東って昔なんかあった？」

「何かって？」

「経験者は語るって感じだったから」

「そりゃあ、わたしにも昔のひとつやふたつありますよ」

いつも通り、適当にはぐらかされる。

それならそれでいい。今は美織よりも透子だ。

「でもさ、美東」

「んー？」

「彼女は霧島透子なんだぞ？」

さっきまで『岩見沢寧々』のSNSを表示していた美織のノートPCに視線を落とす。

「霧島透子の知名度があれば、麻衣さんとも戦えるんじゃないか？　それこそ、自称お友達たちの笑い声なんか気にならないくらいに。消えてないで、『私が霧島透子です』って、好きなだけマウントを取り返せばいい」

この点は理屈に合わない。

「だったら、彼女は霧島透子じゃないんじゃない？」

「…………は？」

一瞬、何を言われたのか理解できず、咲太の反応は露骨に遅れた。

「言ったの梓川君だよね。霧島透子なら消える必要ないって。なのに、消えてるなら、霧島透子じゃないってことになるんじゃないでしょーか」

美織の意外な指摘は、本当に意外なことに筋としては通っている。

言葉としての理屈は成立していた。

屁理屈の一種かもしれないが……。

「わたし、変なこと言った？」

「いや……」

「でも、梓川君、変な顔してるよ？」

「それは元からだ」

咲太の返事に、今日一番の大きな声で美織は笑った。

2

「梓川の友達は、面白いこと言うね」

翌日の一月七日。土曜日。

咲太は塾講師のバイトがはじまる前に、昨日、美織に言われたことを理央に話した。昼食を取りながら。

ふたりがいるのは、藤沢駅の南口。百貨店の裏手。飲食店が集まるエリアの二階にある寿司ダイニングの店内だ。四人掛けのテーブル席にふたりで座っている。

「まだ友達候補って言われてるけどな」

かぶりついたアジフライとごはんを一緒に飲み込んでから、咲太は理央の言葉をひとつ訂正した。

「そういうところは面倒くさいね」

「まあ、双葉といい勝負だな」

「……」

咲太の言葉を無視した理央は、金目鯛の塩焼きを口に運んでいる。海が近い街だと海鮮の美味しい店が多くてありがたい。

「んで、双葉はどう思う？」

「梓川の友達候補の言ってることも、ひとつの考え方ではあると思う」

「だよな」

だから、咲太は困っているのだ。自らを霧島透子と名乗るミニスカサンタと出会い、彼女を霧島透子だと信じて昨日までは過ごしていた。

だが、もしかしたら、違うかもしれないという可能性が突然示唆された。咲太と同じく、透子のことが見えていた美織の何気ない一言によって……。

「でも、その話の出発点……つまり、霧島透子が透明人間になった理由に関しては、あくまで梓川とその子の憶測にすぎないわけでしょ？」

「うちの大学が岩見沢寧々というお姫様の国だった……っていうのは、まあそうだな」

SNSなどから勝手にそう解釈しただけ。モデル、ミスコングランプリという単語から、安易に連想した人物像に過ぎない。

そんな彼女が、大学内での地位を麻衣に一瞬で奪われた。特別だった自分が特別ではなくなった。惨めな自分を周囲の友達は笑っていた。馬鹿にしていた。されていた。昨日までの存在価値を失い、彼女は消えた……。認識されない透明人間になった……。

「だとしたら、あまり深く考えても仕方がないんじゃない？　前提が違ってくれば、当然答えも変わるよ」

「それはそうなんだけどさ」

エビフライにかぶりつく。さくっと衣の美味しい音がする。身はぷりぷりだ。

「今は、桜島先輩に対する例の誤解の方が、私は気になるけど。うちの大学じゃあ、もう本当のことみたいに言われてるから」

理央が通っているのは、理系の国立大学。理系だろうが、文系だろうが、あまり関係なく噂は広がっているようだ。

「こっちもそんな感じだよ」

帰りの電車の中では、女子高生たちがそのことを話題にしていた。「桜島麻衣が霧島透子とかすごすぎない？」、「すごすぎる」とか言いながら……。

「まあ、でも、麻衣さんの噂に関しては、明後日には解決すると思う」

「成人の日？」

「麻衣さんって、今年二十歳になった一番の有名人だろ？」

それに、「そっか」と、納得した様子で呟いた理央は、

「取材に来たたくさんのカメラの前で、桜島先輩自ら噂を否定するわけだ」

と、正しい推測を披露する。

「今なら、当然、記者から霧島透子のことを聞かれるだろうしな」

「さすがだね」

「同時に、SNSにも公式コメントを出すってさ」

昨日の夜、ロケ先のホテルから電話があって、そのときに麻衣が教えてくれた。噂の広がりはマネージャーの涼子や事務所の偉い人なんかの耳にも入り、会社として気にしているそうだ。非常に心強い。

「じゃあ、今朝のSNSの更新って、そのことだったんだ」

「ん？」

咲太が疑問を返すと、理央は無言でスマホを操作して、「これ」というジェスチャーで画面を見せてくる。

表示されていたのは、フォト系SNSの画面。

事務所と一緒に更新している『桜島麻衣』の公式アカウント。

ドラマ撮影の休憩中を捉えた麻衣のオフショットとともに、「九日に大事な発表があります」と、短いコメントが載せられていた。

「ほんと、さすが麻衣さんだな」

やることに抜かりない。最も効果的に情報を広く伝達させる方法をわかっている。

「問題があるとすれば、そこまでやっても噂が収まらなかったときだね」

定食に付いている茶碗蒸しを食べながら、理央がぽつりともらす。それは、咲太も気にしていることだった。

「一度、信じられた嘘を、『嘘だった』って信じてもらうのは案外難しいもんな」

他人の認識や意見の方が正しいなんて、人は簡単に思わない。思えない。

そういうことを麻衣や事務所の人たちもわかっているから、今回のような仕掛けをしたのだと思う。念には念を入れて準備をしている。

「実際、僕と同じ夢を見た連中は、自分の見た夢の方を信じるだろうし」

音楽フェスの夢。

麻衣が自ら霧島透子だとカミングアウトする夢。

耳にした歌声にも、圧倒的な説得力があったから性質が悪い。

それが、リアルな記憶として残っている。

「本物に名乗り出てもらうのが一番楽なんだけどな」

これ以上の解決策は他にない。

だが、今はそれができない。

「相手が透明人間じゃあ、仕方ないね。まずは、普通の人間に戻ってもらわないと」

理央の言う通りだ。

「そのために、僕は僕でやれることをやってるよ」

一応、デートの手前まではたどり着いている。これまでの彼女の性格を見ている限り、咲太が条件を満たせば、案外ちゃんと応じてくれるはずだ。

「でもさぁ、双葉」

「なに？」

口元に上げていた湯飲みを理央がテーブルに下ろす。

「もし、岩見沢寧々が霧島透子じゃなかったら、僕はどうすればいいんだ？」

おかしな噂を透子本人に否定してもらいたいのに、彼女が偽物だったら話にならない。

「それならそれで、この際、霧島透子になってもらったら？」

理央から返ってきたのは、理央が言い出すにしては大胆な作戦だった。

「どっちかと言うと、梓川が思いつきそうなことだと思うけど」

一瞬困惑した咲太に、理央がそう言葉を添えてくる。

「麻衣さんの変な誤解が解けるなら、確かにそれもありだな」

岩見沢寧々にどんな事情があるのかは知らないが、今のところ殆ど他人の彼女のことまで構ってもいられない。


おいしい定食を食べ終えた咲太と理央が、会計を済ませて店を出たのは、ランチタイムが終了する午後二時だった。

このあと、塾講師のバイトがあるふたりの足は、自然と駅の北口を向く。

「そういや、双葉はイブの夜、どんな夢を見たんだ？」

「国見と付き合ってる夢」

あまりにもさらっと理央が答える。

「は？」

思わず、咲太は驚きの声を上げた。

「ふたりで食事してた。デートだったんだと思う」

前を向いたまま、理央は淡々と語る。

「まじで？」

咲太の確認の言葉には、静かな頷きが返ってきた。視線は前を向いたままで……。

「でも、ありえないよ。国見に限って」

残念ながら咲太も同意見だ。理央がどうこうではない。理由はすべて佑真にある。

「国見はあの狂暴な彼女とラブラブみたいだしな」

仮に、今すぐ佑真と上里沙希の関係がこじれて、それこそ別れることになったとしても、佑真の性格上、春までに理央とそういう間柄になるとは到底思えない。

理央としても、受け入れられないのではないだろうか。今さらという気もする。

もっと長い時間が経てば、いずれ何も気にならなくなるかもしれないが、少なくとも、この先、一年、二年で、そうなる未来を咲太には想像できなかった。

「だから、あの夢は、未来なんかじゃないと私は思ってる」

真っ直ぐ前を見据える理央の横顔から、細かい心情は読み取れない。表面上は何も感じていないように見える。だが、夢を見て目覚めた朝は、当然のように動揺したはずだ。

それが今は、いつもの理央に見える。咲太にはそう見えた。

「双葉が言うなら、そうかもな」

「……」

すんなり納得した咲太に、理央が疑問の視線を向けてきた。

世間ではあの日に見た夢は、未来の出来事だと信じられている。咲太も夢が現実になるのを経験している。それを理央は知っているからこそ、疑問に思ったのだろう。意外だったはずだ。

自身の言葉を、咲太があっさり受け入れたことが……。

その証拠に、理央の目は咲太に答えを求めていた。

「赤城が言ってたんだよ。あの夢は、未来を見てたんじゃなくて、もうひとつの可能性の世界を覗いていたんじゃないかって」

去年の十二月二十五日。箱根から帰ったあとの電話で、郁実はそう言っていた。その見解を聞かされたとき、もちろん咲太は驚いた。想定していない言葉だったから。だが、同時に、言われてみるとそうかもしれないとも思えた。

もし、郁実の言う通りなら、夢の中で咲太がスマホを持っていたことにも説明がつく。以前、咲太が訪れたもうひとつの可能性の世界……その世界の咲太は、スマホを持っていたから……。

「半年以上、別の可能性の世界にいる自分と入れ替わっていた彼女が言うなら、本当にそうかもしれないね」

「まあ、だからって、今のところそれがどうしたって話なんだけどな。仮に、夢の正体が本当に別の可能性の世界だったとしても、こっちの世界で同じことが起こらない保証はないんだし」

「そうだね。未来だろうと、可能性の世界だろうと……結局、その日が来るまでわからない」

「まったく、迷惑な夢だよな」

ただ一方的に振り回されている。

「ほんとにね」

視線を前に戻した理央は少し寂しそうに呟く。実感のこもった呟きだった。それで、わかった。理央も夢に感情を揺さぶられたのだと……。今はそれなりにその感情に折り合いをつけたのだと……。

「加西君のことがあって、ひとつだけわかった」

ぽつりと理央が呟く。

「ん？」

「想いに応えられないっていうのも、息苦しいんだね。国見もこんな気持ちだったのかな」

理央の口元には微かな笑みが浮かんでいた。それは、懐かしい夏の記憶を咲太の中に呼び戻した。

高校二年の夏。

佑真を入れた三人で見上げた大輪の花火。

その色とりどりの光を浴びたあのときの理央も笑っていた。今と同じように……。

あれから二年半。時は、記憶を思い出に変えながら、いつの間にかこうして流れていく。

3

　一月九日。成人の日のトレンドワードは、『桜島麻衣』で決まりだった。

　この日は、朝から全チャンネルのTV局が藤沢市に集結した。お目当てはもちろん振袖姿の桜島麻衣。一生に一度のその瞬間をカメラに収めること。

『はたちのつどい』の式典が行われる市民会館の周辺には、多くの報道陣が詰めかけ、その注目度の高さ自体がひとつのニュースになっていた。

　その一連の様子を、咲太はTVを通して見ていた。

　無数のカメラに狙われる中、麻衣は二十歳の代表者として壇上に立ち、堂々と挨拶の言葉を述べていく。終わったときには、大きな拍手が会場に響いていた。

　無事に大役を果たした麻衣だったが、この日の本番はむしろこのあとにある。

　式典が終わると、麻衣は会場のロビーで、多くの報道陣に立ったまま囲まれていた。

　取材記者からの最初の質問は、二十歳になっての感想。「大人になった実感はありますか？」、「お酒はもう飲まれましたか？」など、定番の質問が次々に飛ぶ。

　麻衣は、それらひとつひとつに笑顔で丁寧に答えていた。

　本題とも言っていい質問が投げかけられたのは、各局の質疑応答が一巡したあと。取材の一番はじめに麻衣に質問をした女性レポーターから発せられた。

「最近、SNS上では麻衣さんが、ネットシンガーの『霧島透子』ではないか……なんて噂が広まっていますが、真相はどうなんですか？」

昼下がりのワイドショーで、アシスタントを務めている局アナの南条文香だ。

麻衣に無数のマイクが向けられる。

「そうだったら、面白いですよね。でも、残念ですが、私は霧島透子さんではありません。ご期待に添えずごめんなさい」

一度、にっこり微笑んでから、麻衣がやわらかい口調ではっきり否定する。

「『#夢見る』については、ご存知ですよね？」

別の記者が食らいつく。

「はい。噂になっているので、知ってはいます」

「そこには、麻衣さんが霧島透子だと語る投稿が多数あるわけですが？」

「マネージャーさんにお願いして、私のスケジュールをお見せしましょうか？　とてもじゃないですけど、アーティスト活動までしている余裕、絶対にないですから」

冗談のように話す麻衣の言葉に、集まった取材陣から笑い声が上がる。

彼らの視線は、脇に控えていた涼子に向かっていた。

「ちょっと、上に確認しないと、見せられません」

慌てた様子の涼子が、両手をクロスさせて×マークを作る。それでまた笑いが起こった。

そうした和やかなムードのまま、そのあとも麻衣に対する質問は続いた。正体のことは抜きにしても、「霧島透子さんをどう思いますか？」、「夢が本当になるって信じてますか？」など、噂に関連する内容が次々に飛び交った。

その画面がしばらく続いたあとで、

「次を最後の質問とさせてください」

と、涼子が取材のまとめに入った。

誤解を解くだけの説明はできたと判断したのだろう。

真っ先に手を挙げたのは南条文香だった。涼子に「どうぞ」と促されると、

「その後、彼氏さんとの交際は順調ですか？」

と、別の角度からの質問を麻衣にぶつけていた。

それに、麻衣の口元が笑う。

「ご想像にお任せします」

笑顔でそう返すと、麻衣はそれとなく右手を胸元に添える。薬指がきらりと光る。そこには、咲太がプレゼントした指輪がはめられている。

バシャ、バシャ、バシャとけたたましくシャッターが最後に切られた。

フラッシュの光で麻衣の姿が見えなくなるほどだった。

その中でも、麻衣はぺこりと丁寧に取材陣に頭を下げる。

「今日は、お越しいただき、ありがとうございました」

お礼の言葉を残して、涼子に促されるまま麻衣は退場していった。

その映像は、昼のニュース番組や、昼下がりのワイドショーで大々的に報じられ、夕方のニュースでも、夜のニュースでも、何度も何度も繰り返し流された。チャンネルを変えるたび、少し別の角度から狙った振袖姿の麻衣が映し出されていた。

これに加え、『桜島麻衣』の公式SNSでも、噂を否定するコメントが掲載された。

麻衣が用意したふたつの作戦は、狙い通りの効果を発揮したと思う。翌日以降、ニュースやワイドショーが『桜島麻衣』の噂について触れることはぴたりとなくなった。

ただし、個人のSNSには、

――今さら否定しても遅すぎ
――事務所が必死に火消ししてるよ
――もう認めちゃえばいいのに。なにこの茶番
などの書き込みも当然のようにあった。

噂を根っこから断ち切るには、やはり、本物に登場してもらう以外に道はないのかもしれない。

それでも、成人の日から一週間も経過すると、大学内は平常運転という感じに戻っていた。相変わらず、咲太が視線を感じることはあるが、そこに含まれる感情は、「あ、桜島麻衣の彼氏がいる」程度の軽いものに変化している。

これならば、透子との約束は果たしたと言えるかもしれない。

一月十六日。月曜日。

ここまで来ると、後期の日程も残りわずかだ。

一月最後の一週間は補講期間となっているため、実際、授業が組まれているのは今週いっぱい。金曜日まで授業に出れば、その先はもう長い春休みとなる。

大学が再開されるのは、二ヵ月以上先の四月。そのとき、咲太は二年生だ。

中にはすでに春休みモードになっている学生もいて、キャンパス内は年末にも似た不思議な空気が漂っていた。消化試合をこなしているような雰囲気。どこか気持ちが緩んでいると言ってもいい。

咲太もご多分に漏れず、のんびりした気分で朝の正門を通り抜けた。後期の試験は殆ど終わり、レポート課題も片付いているので何も焦る必要がない。

あくびをしながら、一限の授業に間に合うように本校舎に足を進める。

その途中で、咲太は人の気配を隣に感じた。

「おはよう」

横を見ると、意外な人物がいた。

霧島透子だ。

ブーツにスカート、ハイネックのセーター、その上にコート。周囲に溶け込む女子大学生らしい服装をしている。むしろ、溶け込み過ぎていて、声をかけられなければ、恐らく咲太は気が付かなかった。

「おはようございます」

とりあえず、朝の挨拶を返しておく。

「今日は朝から大学に何の用ですか？」

「授業に出るんでしょ」

当たり前のことを聞くなという口調だ。

「透明人間なのに？」

「学費は払ってるんだから、もったいないじゃない」

ごもっともな意見が返ってくる。

そこで、咲太の頭にふとした疑問が過った。

「もしかして、今までも毎日授業に出てたんですか？」

「なに、その質問」

愚問だと透子が笑っている。そのバカにしたような笑顔が答えだ。

今まで咲太が気づかなったのは、学年と学部が違うから。透子とは同じ授業を受ける機会がない。それと、今日のような服装だ。ミニスカサンタの格好をしていなければ、大勢いる学生の中から、透子だけに目が行くということはない。

「一月三十日は空けておいて」

考え事をしていた咲太に、透子は急にそんなことを言ってくる。

「約束通りデートしてあげる」

「楽しみにしてます」

「この、浮気者」

素直に返事をした咲太を薄く笑うと、透子は研究棟の方へと行ってしまう。その後ろ姿は、キャンパス内の風景によく馴染んでいた。他の学生には見えてないことを除けば、いたって普通の大学生がそこにはいた。

この日の帰り、四限まで授業に出た咲太が金沢八景駅のホームに下りると、奥のベンチに金髪の女子大学生を見つけた。ワイヤレスイヤホンで音楽を聴きながら、ひとりで電車が来るのを待っている。

近づいていって、咲太は無言で隣に座った。

「なあ、豊浜」

「音楽聴いているの、見てわかんない？」

文句を言いながらも、のどかはワイヤレスイヤホンを外して、スマホの音楽プレイヤーを停止した。

「で、なに？」

「もし、明日から、今一番人気のあるアイドルが、うちの大学に通い出したらどう思う？」

「そんなの、そんときになってみないとわかんない」

なんとものどからしい答えだ。

「ま、そうだよな」

「とりあえず、うれしくはないんじゃない」

外したワイヤレスイヤホンをのどかがケースにしまう。よく見ると、それは卯月がＣＭに出ているメーカーのものだった。

「あたしが気にしなくても、周りは『アイドル』ってくくりで、あたしと比べるだろうし」

「心の中では半笑いしながら、豊浜のことをかわいそうって目で見るよな」

「喧嘩売ってんの？」

「大丈夫、豊浜にもいいところあるって」

「勝手に仮定の話持ち出して、慰めんな！」

一瞬でのどかがヒートアップする。だが、長くは続かない。すぐにその熱は冷めて、のどかは「はぁ」と疲れたようなため息をひとつ落とした。

「今のって、お姉ちゃんの話？」

気分を変えるようにしてのどかが聞いてくる。足を組んで、その足を支えにして片手で頬杖をつく。いかにも退屈そうだ。

「豊浜、よくわかったな」

「咲太って基本お姉ちゃんじゃん」

向かいのホームを見たまま、のどかは長いまつ毛で瞬きをしている。

「まあ、そうだな」

「で、なに？　お姉ちゃんが悪いみたいな話がしたいわけ？」

じろりと横目で咲太を睨んでくる。

「そんな話、僕がすると思うか？」

「そういう風にも聞こえたんだけど？」

細められた目は、どこからどう見ても不機嫌だ。

「麻衣さんって、まあ、バカみたいな言い方をすると、やっぱり特別だろ？　みんなから知られてて、人気もあって、いるだけで周りに影響があるっていうか」

「……」

どういうわけか、のどかは少し驚いたような顔をしている。目をぱちくりしていた。

「豊浜、その顔はなんだ？」

「咲太もお姉ちゃんのこと、ちゃんと特別だと思ってたんだ。平気な顔して付き合ってるから、全然気づいてないんだと思ってた」

「もちろん、僕にとって麻衣さんは特別な人だよ」

「そういうウザいのはいい」

きっぱりと切り捨てられる。視線も正面に戻されてしまう。向かいのホームにも、帰りの電車を待つ学生がちらほら見えた。

「でも、咲太の言いたいことはだいたいわかった」

「ほんとか？」

「そういう子、大学に入りたての頃、何人か見かけたし」

「どういう子だよ」

「高校までは、たぶん学校で一番の美人だった子。でも、大学に入ったらお姉ちゃんがいて、自分のキャラとか、立ち位置とか、価値とか、全部わかんなくなって自分を見失ってる子」

ちゃんと説明したわけでもないのに、本当にのどかは咲太の言いたいことをわかってくれている。それも、これ以上ないほど的確に。

「なんで、意外って顔してんの？」

「そりゃあ、意外だから」

「キャラとか、立ち位置とか、そういうのが集まった世界にあたしはいんの。アイドルなめんな」

のどかが軽く足を蹴ってくる。

「アイドルがファンを蹴るな」

「ろくにライブこないくせにファンを名乗んな」

「武道館が決まったら見に行くよ」

「咲太は招待しないから、チケットは自分で買ってね」

「いいよ、づっきーに頼むから」

軽い気持ちでそう返すと、隣から明らかにイラっとした空気を感じた。のどかはわざわざ立ち上がって、「ふんっ！」と鋭いローキックを放ってくる。

「あだっ！」

脹脛の側面を捉えた蹴りは、パンッといい音を奏でる。

「どこで覚えたその見事な蹴り……」

「今、体力づくりで、キックボクシング習ってんの」

咲太に見せつけるようにのどかがファイティングポーズを取る。これが様になっているから恐ろしい。これからは下手にからかうのは控えた方がいいかもしれない。のどかのサンドバッグにされるのはごめんだ。

「豊浜が言う、『そういう子』って、今はどうしてるんだ？」

蹴られた足をさすりながら、咲太は話を戻した。

「一年も経つし、もう落ち着いてるんじゃない？」

興味なさそうに、のどかが再びベンチに腰を下ろす。

「まあ、そうだよな」

「乗り越えたのか、諦めたのか、新しい価値観が見つかったのかは知らないけどさ」

一年近い時間があれば、形はどうあれ折り合いをつけられるのが人間だ。

「豊浜は？」

「あたし？」

「麻衣さん被害者の会の会長だろ？」

「変な会、作んな」

のどかが肩にパンチを入れてくる。事件を起こす前に、キックボクシングはやめさせた方がのどかのためかもしれない。

「豊浜こそ、麻衣さんの影響受けまくったひとりだろ？」

高校二年の秋の出来事。母親違いの姉……麻衣の存在を切っ掛けにして、のどかは思春期症候群を引き起こしたのだ。誰よりも近くで麻衣の影響を受けたのだから無理もない。

「あたしは……」

何かを語ろうとしたのどかの唇が一度動きを止める。

再び開いたときには、

「お姉ちゃんは遠いなって思ってる」

と、のどかは向かいのホームを真っ直ぐ見ながら独り言のように呟いた。

「全力でがんばっても、全然追いつかなくて。お姉ちゃんがどんな景色を見てるのか、あたしには今もわかんない。主演したドラマとか、映画とか、ヒットするのは当たり前で、コケたら全部お姉ちゃんのせいにされて、それでも文句のひとつも言わないんだよ？　それって、どんな気持ちなのか、あたしにはやっぱりわかりっこない」

遠いとはそういうことだ。

「だからさ、咲太」

最後に、のどかは咲太を見た。

真っ直ぐに、真剣な眼差しを向けてくる。

「ん？」

「咲太はお姉ちゃんの味方でいてよ」

ここまでの言葉は、どれを取っても咲太の質問に対する答えになっていない。

だけど、咲太にとって一番大切なことを告げる言葉ではあった。

ホームに電車が入ってくる。羽田空港行きの急行電車。咲太とのどかが横浜駅まで乗って帰

る電車だ。

「わかってる」

そう、のどかに返事をしてから、咲太は立ち上がった。

立ち上がってから、「わかってる」と心の中でもう一度だけ咲太は繰り返した。

4

一月三十日。月曜日。

冷え込みの厳しい朝から出かける準備をした咲太は、授業もないのに大学の最寄りの金沢八景駅に来ていた。時刻は午前十時を少し過ぎたところ。授業が二限からの日と、だいたい同じ時間。

一週間前までは多くの学生が乗り降りしていた駅のホームだが、今は春休みモードとなり、閑散としている。

自分の足音が聞こえるくらいに静かだ。

歩きやすいホームを歩き、誰にも邪魔されずに階段を上り、誰の後ろに並ぶこともなく咲太は改札口を出た。

駅舎の屋根から出ると、透き通った青空が咲太を出迎えてくれる。

ここから駅の西側に出る階段を下りれば、二、三分で大学に到着する。今日に限っては、咲太は大学とは逆方面の階段を下りた。

頭上の高架を走るのはシーサイドライン。その真下を通り抜け、咲太は国道16号線の信号を二回待って海の方へと足を進めた。

そのまま真っ直ぐに行くと、すぐにコンビニの青い看板が目に留まる。その手前で、咲太は小道に入るように右に曲がった。

視界に入ったのは、海の上に真っ直ぐ伸びる参道。突然現れた鳥居が咲太を出迎える。足元はアスファルトから粒の小さな砂利道に変わった。

一歩進むごとに、大通りの喧騒が遠ざかる。代わりに海を感じた。

道の幅は四、五メートル。両脇には青々とした松の木が道を示すように植えられている。

海に突き出した一本道の先には、赤い欄干の小さな橋が見えた。たった数歩で渡り終えてしまえる短い橋。

それを渡って咲太が降り立ったのは、橋同様に小さな島。端から端まで、十歩くらいで事足りる。

島には琵琶島神社の社殿があるだけ。

だから、当然のようにそこに目が行くはずだが、咲太は別の場所を見ていた。

島の先端。

そこに、何よりも目立つ真っ赤な後ろ姿が立っていた。

久しぶりに見るミニスカサンタ。

咲太をこの場所に呼び出した張本人。

真っ直ぐ海の方を見据えている。

咲太が砂利を踏み締めながら近づいていくと、

「この神社、北条政子が創建したんだって」

と、透子が言葉を発した。

「鎌倉時代って八百年とか前よね。今も残ってるなんて不思議じゃない？」

「霧島さんの歌も、この先、何年も残っていくんじゃないですか？」

隣に並んで海を望む。その咲太の視界の中を、空を走るようにシーサイドラインが横切っていった。鎌倉時代を生きた人々には、想像もつかない景色だろう。

「音楽はそんなに残るかな？」

懐疑的な声が返ってくる。

「ものによっては残るでしょ。クラシックとかで、今、三百年だか、四百年でしたっけ？」

それらが十年後、二十年後に聞けなくなるとは今のところ思えない。十年後、二十年後から見たまた十年後、二十年後にも、同じように残っていると思えるのではないだろうか。そう考えると、八百年や、それこそ千年もあり得る気がする。

「こんな話をするために、僕をここに呼び出したんですか？」

「もちろん違う。車出すのに近いから」

ようやく透子が咲太を見た。でも、それも一瞬のこと。

「ついてきて。今日はサンタクロースの手伝いをさせてあげる」

そう言って、透子はひとり参道を引き返していく。

「先に教えてくれたら、トナカイの衣装を用意したんですけど」

背中に声をかけながら、咲太は透子についていった。


十分後、咲太は車の中にいた。

透子が運転するカーシェアサービスで借りたコンパクトカーの助手席。

「サンタクロースって、トナカイのソリで移動するんじゃないんですね」

車は国道16号線を北上していく。

「君、免許は？」

「明後日から、教習所に通う予定です」

透子に答えながら、咲太は対向車を気にしていた。

「さっきから何を見てるの？」

「今のこの状況って、外からはどう見えるのかと思って」

「桜島麻衣の恋人が、別の女性と密会しているように見えてるんじゃない？」

意地の悪い笑みを浮かべた透子は楽しそうだ。

「霧島さんのことが見えてれば、そうかもしれないですね」

だが、今のところ透子を認識できたのは咲太以外では美織だけ。

「運転席に誰もいないのに、車が走ってるのってこわくないですか？」

そんな車とすれ違ったら、間違いなく二度見をする。

完全なるホラーだ。

「世の中にあるオカルト話って、こうやって生まれてるんだね」

透子の言いざまは他人事のようだ。

国道16号線に出る無人の車。いや、助手席にだけ人が座っているお化け車。ＳＮＳで変な噂になっていないか、帰ったら一応調べておいた方がいいかもしれない。

「そういや、霧島さんの方はどうなんですか？」

「どうって、何が？」

「僕とふたりで会っててていいんですか？　付き合ってる人いないんですか？」

「いないように見える？」

「いるように見えます」

咲太は素直に思うままを返した。出会った当初から、咲太に対する透子の態度の中に、そういう相手の存在を感じていた。異性である咲太に対して、意識らしい意識が見受けられなかった。慣れている距離感だった。車の中にふたりきりという今の状況にも、それは言えること。会話の距離を探るような緊張感がまるでない。

「残念だけど不正解。いたのは春まで」

「別れたんですか？」

「知っての通り、彼氏からも認識されなくなったの」

前の車を追う透子の横顔に目立った感情は見られない。ミニスカサンタの格好で、当たり前の顔をしてハンドルを握っている。

「その人とは、いつから付き合ってたんですか？」

「高二の夏」

「ってことは、まだ北海道にいた頃ですよね？」

大学進学を機に、透子がこちらに出てきたことを咲太はもう知っている。

「そう」

「つまり、岩見沢寧々さんが、霧島透子を名乗る前？」

「……」

それに透子は答えない。

感情らしい感情も顔には出さなかった。

これは、別の角度から攻略した方がよさそうだ。

「相手が北海道の人だと、高校を卒業したあとは遠距離恋愛だったんですか？」

「一緒にうちの大学受けて、向こうは落ちたからね」

前の車に合わせて、赤信号で透子が車を止める。

「心臓に悪い話だなぁ」

それは、咲太にもあったかもしれない未来だ。

「しかも、二年連続で」

本当に心臓に悪い話だ。

「その人、今は？」

少なくとも、春までは彼氏彼女の間柄だったことを、先ほどの透子の言葉が認めている。

「三度目の正直で受かって、春に入学してきた」

信号が青に変わり、前の車に合わせて走り出す。

「せっかく受かったのに、霧島さんのこと認識できなくなったんですか？」

「そうなるね」

透子の受け答えは淡々としている。意識は運転の方に傾いている。

「僕が彼氏の立場だったら、全力でイチャイチャするのに。三年越しでようやく一緒の大学に通えるようになったんだから」

「……」

透子は何も言わない。その横顔は、当時のことを思い出しているように見えた。

「合格の報告を受けたときはうれしかったですか？」

「うれしいって言うか、ほっとした。こっちに出てくるって決めたのはわたしで……彼は合わせてくれただけだから」

「その人、学部は？」

「統計科学」

咲太と同じだ。

「もしかして、僕の知ってる人？」

視線を透子の横顔に向ける。同じ学部の学生すべてを把握しているわけではないが、幸いなことに北海道出身者にはひとりだけ心当たりがある。

「……」

透子の返事はない。違うともそうだとも言ってこない。だが、それこそが咲太に対する透子からの答えだった。

「福山なんですね」

簡単なはずの確認の言葉はわずかに上擦った。突然、意外な事実が判明して、少なからず興奮していたのだと思う。そう自覚する自分を咲太は自分の中に見つけていた。

「……」

　そんな咲太をよそに、透子は何も言わない。質問にも答えてくれない。無言で車を走らせ続けている。

「福山は、霧島透子の正体が岩見沢寧々だって、知っているんですか？」

「知らないよ」

「なんで黙ってたんですか？」

「君も、彼女から仕事の話を全部聞いているわけじゃないでしょ？」

「それは、まあ、そうですね」

　だが、高校二年の夏から付き合っていて、拓海がまったく気づかないなんてことがあるだろうか。寧々が何も話さずにいることができるだろうか。

　寧々は『岩見沢寧々』として、モデルやミスコンの話は誇らしげにＳＮＳで語っている。

「いいね」の声とフォロワーを集めている。

　そんな彼女が霧島透子であることを、ずっと黙っていられるだろうか。

　恋人にまで黙っておく必要があるだろうか。

　この点は、大いに矛盾をはらんでいるように思える。

「福山は『霧島透子』のことは認識してます」

「そうみたいね」

「なのに、なんで霧島さんのことが見えないんですか？」

「わたしが霧島透子だって知らないからでしょ」

霧島透子と岩見沢寧々がイコールで結ばれているなら、拓海は寧々を認識できたはず。ネットシンガー『霧島透子』のことは知っているのだから。

その理屈はわかる。だが、本当にそれだけだろうか。

「福山にとって、あなたは『岩見沢寧々』だからなんじゃないですか？」

「それがなんだって言うの？」

この先の言葉を口にするべきか、正直、咲太は迷った。迷いがあった。

だが、言わなければ話が前に進んでいかない。確かめなければいけない。だから、口を開いた。

「あなたは本当に霧島透子なんですか？」

真っ直ぐぶつけた問いかけ。

返事はすぐにあった。

「わたしは霧島透子よ」

答えは当たり前のように告げられた。

迷いのない言葉。

迷う必要がない言葉。

なぜなら、それが事実だから。

そう感じさせる自然な態度と声音だった。

透子は嘘を言っていない。

そして、自らの言葉を証明するように、透子は歌を歌いはじめた。

クリスマスイブに生配信したクリスマスソング。

咲太が生で聞きそびれた歌。

車内に美しく響く歌声は、彼女が霧島透子であることをこの上なく証明している。

この瞬間、確かに咲太はそう思った。そう感じた。それなのに、気持ちは少しも晴れず、靄がかかったような気分だった。霧の中に、まだ見ぬ真実が隠れている。そう思ってしまう自分に咲太は気づいていた。

車のナビが「まもなく目的地です」と教えてくれる。

液晶の地図を見ると、横浜の元町エリアを車は走っていた。

5

「サンタのプレゼントって、元町で調達するんですね」

ブーツの踵を鳴らしながら、咲太の前をミニスカサンタが歩いている。

横浜元町の商店街。アーケードはなく、青空が咲太と透子を見下ろしている。横浜開港によって、近くの山下エリア、山手エリアが外国人居留地となったことで発展してきた街。

そうした背景から、当時の西洋文化を反映した建物が今でも数多く残されている。

どこか懐かしい雰囲気とともに、ハイカラな空気に触れられる特別感のある商店街だ。

道の両脇に並ぶ店舗には、元町発祥の老舗もあれば、最近オープンしたばかりのショップもある。新しいものと、古いもの。色々な文化が混ざり合うところは、この街にとって今も昔も変わらないことなのかもしれない。

土日は賑わう人気の街も、さすがに平日の昼間とあって人通りはまばらだ。

その中を歩くミニスカサンタは、明らかに異彩を放っていた。

だが、当然のことのように誰も透子を気にしない。透子の存在に気づいていない。

今さら、その事実に動揺することもなく、透子は気になる店を見つけると、構わずに足を踏み入れた。

最初に入ったのは、雑貨も扱うカジュアルウェアのショップ。次は、ワニのマークのスポーツウェアのショップ。アメカジショップを二店舗挟んだあとには、紳士服の店が三軒続いた。どの店舗でも、透子はあるものを丹念に見ていた。

メンズのマフラーだ。

時には咲太をマネキン代わりにして感じを確かめたり、洋服の色と合わせたりを繰り返す。

その表情はどこか楽しげで、ともすれば浮かれているようにも見えた。まるで、恋人の贈り物を選んでいるような雰囲気。

一時間半ほど店を回ったあと、透子は最終的に途中で寄ったアメカジショップに戻り、オレンジ色が眩しいカラフルなマフラーを手に取った。

「これ、買ってきて」

丁寧に畳んだマフラーを咲太に手渡してくる。

「これでサンタクロースの仕事は終わりですか？」

「このあと、もう一か所行きたいところあるから早くして」

そう急かされて、咲太はマフラーを受け取った。

「プレゼント用に包んでもらいますね」

「お願い」

そう返事をした透子は、もう咲太に背中を向けていた。

マフラーを購入した咲太が店を出ると、透子は通りのベンチに足を組んで座っていた。冬の空気と元町の雰囲気は、サンタクロースと妙にマッチしている。

「どうぞ」

買ってきたマフラーを透子に渡す。

「ありがと」

受け取ると同時に透子が立ち上がる。

「じゃあ、次ね」

短くそれだけ言って、すたすたと歩き出す。商店街の一本裏に入り、フォンダンショコラのお土産が有名なフレンチレストランの前を通り過ぎる。そのまま歩いていくと、TVなどでもよく紹介されている食パン発祥の店として知られる老舗のパン屋が見えてきた。

その先を左に曲がれば、商店街の表通りに戻る。だが、透子の足は右を向いた。坂道が多い山手エリアに足を踏み入れていく。

緩い階段を進み、外国人墓地の敷地に沿って徐々に坂を上っていく。横浜地方気象台の前を通り、さらにその先に。この辺は、西洋風の建物が多く見られる。

「どこに行くんですか？」

「もうすぐ着く」

「とか言いながら、十分近く歩いているんですけど」

「まだ七、八分」

「だいたい十分ですよ」

「ほら、着いた」

振り向いた透子が、目の前に立つ白い洋館を咲太に「ここよ」と見せる。建物は店舗のような構えに改装され、色合いや雰囲気はなんだかクリスマスっぽい。隣の庭には、白い大きな犬がいた。さすがにトナカイはいない。

「サンタが住んでいそうな家ですね」

まさにそういう印象の建物だ。入口のドアの脇には、クリスマスまでのカウントダウンを記したボードが吊るされている。まだ一月なのに、もう待ち切れないらしい。

「それ、半分は正解かもね」

透子がドアを開けて洋館の中に入っていく。店舗のような、ではなく、実際に店舗のようだ。連れてこられた理由もわからないまま、咲太は透子に続いた。

一歩足を踏み入れる。

それだけで、きっと誰もが同じ感想を持つだろう。

洋館の中は、クリスマスの世界だった。

サンタクロースの人形に、トナカイのぬいぐるみ。クリスマスツリーを表現したスノードーム。サンタの服を着た雪だるま。壁にはクリスマスカードが並べられ……右を見ても、左を見ても、天井から床まで、全部がクリスマスで埋め尽くされている。

この空間にいると、ミニスカサンタの透子の方が正しい服装をしているように思えてくる。咲太の方が場違いだ。

「ブリキのトナカイを探して。手のひらサイズの」

砂漠でダイヤ……とまでは言わないが、クリスマス一色の森の中で、一匹のトナカイを探し出すのは至難の業だ。

「この中から?」

だが、咲太の戸惑いの声に、透子は応じてくれない。真剣にトナカイを探している。

「トナカイ、トナカイ……ブリキのトナカイね」

咲太がぶつぶつ言いながら店内を埋め尽くすクリスマスグッズに目を凝らす。

「何かお探しですか?」

そう声をかけてきたのは、店の奥から出てきた店員のおじさんだ。

「ブリキのトナカイってあります?」

「ああ、たぶん、あれかな」

意外なことに、すぐにぴんと来たのか、店員のおじさんが咲太を手招きする。

「最近、これを買いに来る人が何人かいてね」

棚から拾い上げた一匹のトナカイを、咲太の手のひらに載せてくれた。

「これ、流行ってるんですか?」

「流行ってるんじゃないの?」

逆におじさんから質問されてしまう。

おかげで変な空気が流れる。

とりあえず、透子にブリキのトナカイを見せた。すると、透子が「それ」と頷く。

「あ、じゃあ、これください」

「はい、お会計はこちらでね」

透子を残してレジの前に移動する。お金を払って、ブリキのトナカイを包んでもらった。これもサンタクロースからのプレゼントになるのだろうか。

「はい、また遊びに来てね」

店員のおじさんの笑顔に見送られて店を出る。

なんだかあったかい場所だった。

「トナカイ、どうぞ」

買ったばかりの紙袋を透子に差し出す。透子は素直に受け取ると、代わりとばかりにマフラーが入った紙袋を咲太に突き出した。

「僕にくれるんですか？」

「拓海に渡しておいて」

「だったら、今から一緒に渡しに行きませんか？」

「……」

一瞬、透子の動きが止まる。

「今日って、福山の誕生日ですよね？」

「……」

「だから、わざわざ、今日呼び出したんですよね？」

「行っても無駄だよ。拓海にはわたしが見えない」

「今日は見えるかもしれない」

「何度話しかけてもダメだった」

「今日は上手くいくかもしれない」

「君には関係ない」

声に苛立ちが乗っている。

「ありますよ。きっちり付き合わされてるんですから」

「それは君が望んだことだよ」

透子の目は、咲太を拒絶していた。

それでも引かずに、

「さっさと透明人間をやめて、『わたしが霧島透子です』って名乗り出てほしいんですよ、僕は」

と、咲太は少し感情的になって言葉をぶつけた。

「それは彼女のため？」

「まだ麻衣さんを『霧島透子』だって思ってる人がいるのは、知ってますよね？」

「それこそ、なんで君と君の彼女のために、わたしが何かしないといけないの？」

「霧島透子でいることが、あなたの一番の願いだからです」

「……」

「僕たちの目的は一致してるんですよ」

透子が口をきつく結ぶ。当然、返事はない。それは透子が迷っている証だ。まだ何も諦めていない証拠。

「スマホ、貸してください。福山の連絡先、入ってますよね？」

「……」

「期待しているから、福山にプレゼントを買ったんじゃないんですか？」

「……」

「今、福山が使ってるマフラーも、たぶん、霧島さんのプレゼントですよね？」

今日買ったマフラーと色味が似ている。

「付き合って最初の誕生日にね。もうボロボロだし、別の買えばいいのに」

「恋人にもらったものだから、大事にしてるんでしょ」

「わたしのこと見えないのに？」

「文句なら直接本人に言ってください」

咲太はスマホを載せる手を差し出した。

「……」

透子の目は咲太の手のひらを見ていた。瞳はまだ迷っている。揺らいでいる。もしかしたら、と期待する気持ちと、その期待が裏切られたときのことを天秤にかけている。そんな表情だ。

たっぷり三十秒は固まっていたと思う。

「……わかった」

殆ど聞き取れない小さな声。

それでも、透子は咲太の手のひらに、ぱんっと音を鳴らしてスマホを置いた。

受け取ったスマホの電話帳を開く。

『拓海』で登録されていた番号に電話をかけた。

耳に当てると、発信音が聞こえてくる。

最初のコールでは繋がらない。

「……」

二回目のコールでも拓海は電話に出ない。

「……」

じっと咲太を見つめる透子の瞳からは、期待と緊張が伝わってきた。

電話口に変化があったのは、三回目のコールが終わったとき。向こうからざわめきが聞こえてきた。それから少し遅れて、

「はい？」

と、怪訝そうな拓海の声がする。

拓海は寧々を認識できていない。だから、この番号も寧々のものだと認識できていないはず。

恐らく、誰からかかってきた電話なのか、拓海はわかっていない。

「あ、福山？　僕だけど、梓川」

「えっ？　はぁ？　なんで梓川？」

なんで咲太がスマホから電話をかけてきたのか。

なんで拓海の番号を知っているのか。

そういった疑問が拓海の中で渦巻いているのが手に取るようにわかる。

だが、それを説明していたら本題に入る前に日が暮れる。

「まあ、それはいいから」

「いや、よくないけどぉ!?」

「福山、今って外か？　なんか後ろがざわついているけど」

「蒲田駅のホーム、京急の」

丁度そのタイミングで、次に来る泉岳寺行きのアナウンスが聞こえてきた。

「なんでまた蒲田？」

「羽田行きに乗り換えて空港に向かう途中だからよ？」

「もしかして、北海道に帰省か？」

「そういうこと。ちょっとごたごたあってさ」

言葉を濁した拓海の声に、いつもの陽気さはない。

「んで、梓川は何の用？」

ごたごたの理由を聞く前に、咲太の方が聞かれてしまった。

「時間って、まだあるか？」

「早めに出てきたから、予約した便まであと一時間以上あるけど？」

「だったら、空港で待っててくれ。渡したいものがある」

「は？　なに言ってんの？　急に、こわいんだけど！」

「福山、今日が誕生日って言ってたろ」

「言ったけどさ」

なおも拓海は戸惑っている。その気持ちはわからないでもない。立場が逆なら、咲太も怪訝に思うことだろう。

「僕は意外と律儀な人間なんだよ。プレゼントも用意したから」

「まぁ、わかった。空港の出発ロビーで待っとく。第二ターミナルね」

「すぐ行く。じゃあ、あとでな」

時間がないので素早く電話を切る。

「羽田空港に」

咲太がそう告げると、透子は小さく頷いた。

6

新山下料金所から湾岸線に入った車の中は無言だった。

「……」

「……」

咲太も透子もしばらく口を開かず、薄く張られた緊張感に支配されている。

正直なところ、拓海に会いに行くのは、咲太にとって大きな賭けだった。結果がどちらに転ぶか、今の段階では皆目見当もつかない。

誕生日プレゼントのマフラーを切っ掛けに、拓海が寧々を認識できるようになればいい。その逆の可能性も当然あって、やっぱり認識できないまま終わるかもしれない。

前者であればもちろん何の問題もない。

後者だった場合、ようやく見つけた解決の糸口を失うことになるかもしれない。咲太にとっても、寧々にとっても期待を裏切られる形になる。それが寧々にどんな影響を与えるかは正直わからない。何も変わらないかもしれないし、状況がもっと悪くなるかもしれない。

リスクはある。

それでも、咲太は拓海に賭けるしかないと思っていた。

咲太には寧々を救う術がないから。

全校生徒の前で麻衣に告白をしたときとは状況が違うのだ。岩見沢寧々に対して、咲太はまだ当事者になれていない。今も殆ど他人のまま。

彼女の存在を確定させるだけの力が咲太にはない。理央の懐かしい言葉を借りれば、愛の力が足りていない。

寧々に対して、その特別な力を発揮できる人物がいるとすれば、それは拓海だ。

だから、拓海に賭けるしかなかった。

車は埋立地の上を走る湾岸線を快調に飛ばしている。

「福山のことですけど」

「なに？」

「どっちから告白したんですか？」

咲太は前を走る車を目で追いながら、隣にそう尋ねた。

「拓海が全然言ってこないから、わたしがそう仕向けたの」

「どうやって？」

「三年の先輩に告白されたんだけどって、発破をかけて」

横目に映した透子の顔に笑みはない。淡々と言葉を返してくるだけ。

「福山の焦りが目に浮かぶなぁ」

「それでも、なかなか言ってこなかったけど」

「それだけ、本気だったんじゃないですか？」

「そういうもの？」

ちらっと透子が視線を向けてくる。

「僕ならすぐ言いますけど」

左の窓の外には、製鉄所の大きな建物が見えていた。

「キャンパス内でも、彼女に好き好き言ってるものね」

「僕がよく言っているのは大好きですよ」

「君って変わってる」

それには、答えなかった。

代わりに、咲太は別の質問を透子に投げかけた。

「福山とは高校で知り合ったんですか？」

「中学から一緒だったよ」

「その頃から福山のこと意識してました？」

「好意を向けられているのは意識してた」

「福山のどこが好きですか？」

「さっきから質問ばっかり」

少し休憩するように、透子がかわす。

だが、咲太は構わずに話を続けた。

「僕が思うのは、気を遣わなくていいことに、ちゃんと気を遣わないのが、福山のいいところです」

「それって例えば？」

「大学入って、麻衣さんと付き合ってるのが本当かって、最初に聞いてきたのが福山なんですよ」

入学当初、咲太は『桜島麻衣』の恋人らしい……ということで、当然のように周囲の学生たちから興味の目を向けられた。けれど、誰も面と向かって聞いてはこなかった。ある種の腫れ物のような扱いだったと思う。

そんな中、そうした空気を無視して、隣に座ってきた拓海はあっさりその言葉を口にしたのだ。

――桜島麻衣と付き合ってるってほんと？

あの一言で、大学内における咲太の立ち位置は確実に変わった。咲太と麻衣の関係は、噂から事実に変わった。勝手な妄想から現実になった。

居心地という面において、意外とこれは大きな変化だった。

「なかなか告白はできないくせに、昔からそういうことはできるんだよね」

「それって例えば？」

「中学の頃、東京から引っ越してきた男子がいたの。転校生。その子、しばらく学校に行けてなかったみたいで、先にそういう噂がクラスに流れてて……誰かが話しかけるのを、みんなが待ってた」

ハンドルを握る透子の横顔には、思い出を懐かしむ表情が浮かんでいる。

「でも、そんなこと少しも気にしてない様子で、最初に話しかけたのが拓海だった」

「それはちょっとかっこいいですね」

「あの転校生のおかげかな。それで、拓海を意識するようになったから」

「最近は、合コンばっか行ってるんで、ちゃんと怒った方がいいですよ」

「拓海にわたしが見えたらそうする」

透子の口元がわずかに笑う。

「でも、まさか、福山が年上だったとはな」

今日、誕生日を迎えた拓海は二十一歳ということになる。咲太より二歳年上。

「今後は敬語を使わないと」

「拓海、絶対に嫌がるよ」

「大事な彼女のことを忘れるような男には、それくらいの罰を与えた方がいいんですよ」

「ほんと、君は変わってる」

「全然普通です」

ナビを見ると、羽田空港までの残りの距離が三キロメートルと出ていた。なんとか飛行機が飛び立つ前に、拓海を捕まえられそうだ。ただ、搭乗手続きや手荷物検査にかかる時間を考慮すると、決して余裕があるわけではない。

会えても五分から十分程度。

たっぷり時間があるわけではない。限られた時間の中で、『岩見沢寧々』の存在を取り戻せるかは未知数なまま。

その認識が、車内の緊張感を一段と高めていた。

巨大な空港の建物は、もう視界に入っている。

飛び立った飛行機は、空高く舞い上がっていく。


大型の立体駐車場に車を入れるのに多少手間取りはしたものの、ナビが示した到着時刻よりも幾分早く、咲太と透子は羽田空港にたどり着いた。

だが、まだ空港に来ただけ。

ここは国内屈指の広さを誇る空の玄関口。車を降りてからも、拓海が待つ第二ターミナルに向かうには時間がかかる。

エレベーターに急ぐ咲太の足には焦りがあった。

「福山が言ってた第二ターミナルって」

「そのエレベーターで下りられる」

透子が壁のボタンを押してエレベーターを呼ぶ。押したのはもちろん『下』だ。

すぐにエレベーターがやってくる。

足早に乗り込むと、咲太はドアを閉めながら、『出発ロビー』と記された二階のボタンを押した。

音もなくエレベーターが下りていく。

乗っているのは咲太と透子だけだ。

「……」

「……」

お互い何も言葉を発しなかった。静けさがエレベーター内を満たす。たった数秒間が妙に長く感じた。

ようやく到着のベルが鳴る。

ドアが開くのを我慢して待って外に出る。そこはもう出発ロビーだった。

横に長く広がった空間。右を見ても、左を見ても、端っこの壁はぼんやりと見えているだけ。

天井は高く開放感がある。

航空会社の手続きカウンター。チェックイン用の機械が礼儀正しく並んでいる。その横には保安検査場の入口。

それらと向かい合うように、土産物や空弁を扱う売店や自販機が用意されている。

単なる平日ということで、利用客はそれほど多いわけではなかったが、この広さの中でたったひとりの人間を当てもなく探すのはさすがに無謀だ。

「スマホ貸してください。福山に連絡します」

咲太がそう声をかけると、透子は咲太の後方を見ていた。

「いた。あそこ」

透子の視線が示したのは、『2』の数字が付けられた時計のすぐ側。

ベンチに座っている若者は、確かに拓海だった。デニムのパンツに、厚手のコート。首には使い込んだマフラーをぐるぐる巻きにして、手にしたスマホを見ている。

ひとつ深呼吸を落としてから、咲太は近づいていった。

「福山」

そう呼びかけると、拓海は驚いた様子で顔を上げた。

「ほんとに来たよ」

「行くって言ったろ」

「急すぎて、なんかの冗談かと思うでしょ」

呆れたような苦笑い。拓海らしい笑い方だった。

ひとまず、無事、拓海とは合流できた。

ただ、問題はここからだ。

この瞬間になっても、咲太は拓海にどう切り出すべきか、明確な答えを見つけられずにいた。

『岩見沢寧々』のことを、ありのままを全部話したところで、理解してもらえるとは到底思えない。拓海にとっては見えない存在。認識できなくなっている存在。それはすなわち、存在しない存在だ。

その迷いから、咲太の視線は透子に向いた。咲太の斜め後ろで立ち止まっていた透子に。

一歩前に出た透子の唇がゆっくりと開く。

「拓海」

口からこぼれたのは大切な恋人の名前。

「んで、来てもらって悪いけど、あんま時間ないのよ」

だが、拓海の目は咲太に向けられたまま。一ミリも透子の方へは動かない。話しかける相手も咲太だ。

プレゼントを持った透子の手に力が入るのがわかった。

「聞いて、拓海。こっちを見て」

透子が訴えかけても、拓海はその声に反応しない。

「そろそろ手荷物検査しないと、さすがにまずいからさ」

やり取りになっていないふたりのやり取り。それが、咲太の口を開かせた。

「なあ、福山」

「ん？」

「そのマフラーさぁ」

「これ？」

首から前に垂らした尻尾を拓海が摑む。

「誰にもらったか覚えてるか？」

「誰にって……ん？　あれ？」

軽い調子で答えようとした拓海の言葉が途中で行き詰まる。

「……」

すぐに、拓海の表情は奇妙な疑問に埋め尽くされた。どうしてわからないのか、眉根を寄せて悩んでいる。その不快感に口元を歪めていた。

「まじで、どうしたんだっけ……？」

拓海の疑問は自分自身に向けられている。だが、しばらく考えても答えにたどり着くことはない。どんなに考えても答えは出ない。

「福山は大事な人のことを忘れてるんだよ」

「……なに？　どういうこと？」

拓海はますますわからないという顔をする。

「そのマフラーをくれたのは、福山が高校時代から付き合ってる彼女なんだ」

「いやいや、それはないって！」

冗談だと思った拓海が大げさに笑う。

「……」

けれど、咲太は真顔のままだ。にこりとも、くすりともしない。

「ほんとに、福山が彼女からもらったものなんだよ」

もう一度、事実を告げる。

「……」

今度は、無言で拓海が受け止める。

表情に残っていた笑みは、時間とともに消えていった。

「……悪い。梓川が言ってる意味がまじでわからない」

たっぷり十秒は考えてから、拓海はようやくそう口にした。

「福山は忘れてるんだ。正確には、認識できなくなってるんだけど」

「……」

真っ直ぐに咲太を見て、拓海が瞬きを繰り返す。

「そのマフラーをくれた相手のこと、思い出せないんだろ?」

「……それは、そうだけど」

「……」

咲太と拓海のやり取りを、透子は口を真っ直ぐ横に結んで見守っていた。

「ほんとのほんとに、福山には高校から付き合ってる彼女がいる」

「……」

拓海の表情に変化はない。疑問と困惑で固まっている。

「中学から一緒で、高二の夏に福山から告白して」

「……」

何を言っても、拓海は咲太をじっと見据えているだけだ。どれだけ真剣に聞いても咲太の言葉がわからない。わけがわからないこの状況に戸惑いながらも、耳は傾けてくれていた。

「名前は岩見沢寧々」

その名を口にすると、透子が息を呑むのがわかった。

だが、拓海からの返答は、

「ごめん。まじでわからない」

だった。

寧々の表情が凍り付く。瞳からは感情が失われていくのを感じた。

「ほんとに俺が付き合ってたの？」

「そのマフラーが証拠だ」

垂らしたマフラーを拓海が改めて確認する。

「……」

見つめたまま動かない。表情も変わらない。

沈黙に息が詰まる。

「梓川、悪いけどさ……」

見たことがないくらいに、拓海は困った顔をしていた。

「俺、わかんないわ」

この状況に、心底弱ったという表情だった。

力なく拓海が笑う。理解できない話をいきなりされながらも、この場をなんとか収めようとする笑み。

「もう一度、よく考えてくれ」

咲太がそう言葉にする前に、空港のグラウンドスタッフの声が出発ロビーに響いた。

「新千歳空港行き５５５便にご搭乗予定のお客様は、手荷物検査をお急ぎください」

「あ、やば。俺、もう行かないと」

ベンチから鞄を持って拓海が立ち上がる。

「待ってくれ、福山」

「話はまた今度落ち着いてできるときにな。悪い、今回は急いでんだ」

保安検査場に向かいながら、咲太は最後まで食い下がった。

「信じられないかもしれないけど、僕は嘘なんて吐いてない！」

「梓川がそういうやつだってことはわかってるつもりだって」

「ほんとなんだ！」

「わかってるから」

そこで時間切れだった。拓海はスマホの画面を入場ゲートにかざして、保安検査場に入っていく。チケットを持っていない咲太はこれ以上先には進めない。

中に入って振り向いた拓海が軽く手をあげる。

それに咲太も軽く手をあげて答えた。

「見送り、サンキュ」

拓海はそんな言葉を残して、金属探知機のゲートの向こうに消えていった。

こうなっては咲太にはどうにもできない。

こうなる可能性も考えてはいた。

こうならない可能性に期待する気持ちがあった。

だから、落胆していないと言えば嘘になる。

それは、咲太よりも透子の方が大きいはず。

拓海を見送った咲太は、先ほどまで話をしていたベンチの方を振り向いた。

「霧島さん……？」

いるはずの人物がいない。

いればすぐに目に留まるミニスカサンタが見当たらない。

目に入ったのは、見覚えのあるプレゼントの包み。

さっきまで透子がいた場所に、サンタクロースからの贈り物がぽつんと置き去りにされていた。

第三章 Someone

1

「はい、今日の実習はここまでね」

技能教習を終えた咲太のチェックシートに、丸い頭をした教官が赤いハンコを押す。初回の今日は、安全運転の心構えを学び、ドライブシミュレーターを使った実習のみが行われた。実車に乗るのは次回からだ。

咲太が通うことにした教習所は、藤沢から東海道線で一駅隣の大船にある。真っ白い観音様が見下ろす駅から北に歩いて約五分。住所としては横浜市。でも、『鎌倉』と名前の付いた自動車学校。駅は大船、住所は横浜、教習所の名前には鎌倉と、市境の街は地名のオンパレードで少々忙しい。

「これから、がんばってね。安全に」

「ありがとうございました」

教官にお礼を言って、教習所のロビーに戻る。

受付で次回以降の予約を入れて、本日の教習はすべて終了となった。

多少は緊張していたのか、「終わった」と思った途端に「ふぅ」と長い吐息がもれる。それに続けて、

「どうしたもんかな……」

と、すぐに独り言がこぼれた。

別に教習のことで「どうしたもんかな」と思ったわけではない。

頭の中は、もう違う方向に向いていた。

今、咲太にとって頭痛の種となっていることはひとつだけ。

霧島透子……岩見沢寧々にまつわる問題だ。

拓海と付き合っていることを突き止めたまではよかったが、そのあとがよくなかった。一昨日、羽田空港では何ひとついいことがなかった。

失敗したと表現した方が正しいかもしれない。

あのあと、空港の駐車場に急いだ咲太だったが、透子の運転で乗ってきたコンパクトカーはすでになくなっていた。当然、透子も見当たらなかった。

咲太を置いて、ひとりで帰ってしまっていたのだ。

おかげで、咲太は電車で家まで帰ることになった。拓海にプレゼントするはずだったマフラーも、咲太が持って帰って今は家にある。

状況は芳しくない。

それでも、拓海が一縷の望みであることは変わらない。岩見沢寧々の思春期症候群を治す手段が、他にあるとは思えないから。あったとしても、探している時間はない。今日が二月一日。麻衣が意識不明の重体になるという二月四日は、すぐそこまで来ている。

一体、どんな言葉をかければ、拓海を動かすことができるのか。今は見当もつかない。どれだけ正しく事実を告げたとしても、空港での二の舞になるのは容易に想像できる。

たとえ、拓海が咲太の言葉を信じてくれたとしても、寧々のことが見えるようにならなければ意味がない。認識できるようにならなければ意味がないのだ。

まずは拓海に『岩見沢寧々』のことを思い出してもらう必要がある。

そのために、何をどうすればいいのか。

肝心かなめの部分がわからない。

解決の糸口すら見つからない。

それこそが先ほどの「どうしたもんかな」のため息に集約されていた。

「世界で一番かわいい彼女がいるのに、随分浮かない顔をしてますね」

その声は、突然横から聞こえてきた。

見ると、知った顔がすぐ側に立っていた。

口元で笑っているのは美織だ。

「美東も、この教習所に通ってたんだな」

「もう仮免をゲットしたよ。梓川君は？」

「今日が初回」

「ほほう。だったら、なんでも聞いてくれたまえ」

ぽんっと咲太の肩に手を置いて、美織が先輩風を吹かせてくる。

「じゃあ、美東はさ、ミニスカサンタのことをどう思う？」

「いや、車のことね」

美織は「わかってるくせに」という顔だ。もちろん、わかっている。わかった上で、今、美織に一番聞きたいことを咲太は尋ねたのだ。

「美東がなんでもって言うから」

「まあ、いいけど。そのことで梓川君に見てもらいたいものあるし」

返ってきたのは意外な答え。

「見てもらいたいもの？」

何のことだろうか。見当もつかない。

「このあと、時間ある？」

少し首を傾げたかわいい仕草で、美織が聞いてきた。こんな顔で言われたら、だいたいの男はほいほいついて行ってしまうだろう。咲太も例外ではなかった。

「バイトもないし、いっぱいあるぞ」

「では、ついてまいれ」

出陣とばかりに、美織が右手を旗のように振るう。すると、教習所の自動ドアが魔法のように開いた。

「ここです」

美織に連れてこられたのは、大船駅の南口。通りに面した商業ビルの一階にあるとんかつ屋の前だった。

「なんで、とんかつ屋？」

「せっかく梓川君がいるんだし、ひとりだと入りづらいお店にしようと思って」

実に女子大学生らしい理由を述べた美織だったが、

「ごめんくださ～い」

と、フレンドリーに挨拶をしながら率先して店に入っていく。

「入りづらいんじゃなかったっけ？」

誰も答えてくれない疑問を口にしつつ、咲太も美織に続いて店内に入った。

「いらっしゃいませ」

と、明るい声で出迎えてくれた店員のおばさんの案内で、四人掛けのテーブルにゆったり腰かける。まだ午後五時を過ぎたばかりの店内には、スーツ姿の男性客がふたりいるだけ。営業帰りだろうか。そんな感じだ。

とりあえず、入店したからには何かを頼まなければならない。メニューを一通り眺めたあとで、咲太は定番にして王道のロースかつ定食を注文した。美織は散々悩んだ結果、ブラックカツカレーなるものを頼んでいた。

「んで、美東が話しておきたいことって？」

コップの水を一口飲んでから話を切り出す。

「ちょっと待ってね」

隣の椅子に置いたトートバッグに美織が手を伸ばす。引っ張り出したのは、前にも見たリンゴのマークのノートＰＣだ。

テーブルの上にどんっと構えて起動する。

キーボードをぱちぱち叩いたあとで、

「これなんだけど」

と、咲太にも画面が見えるようにノートＰＣを横に向けた。

三角の再生ボタンが表示された動画投稿サイトが映っている。

停止状態の動画の窓は、今はまだ真っ暗だ。

「何も見えないけど？」

「今からです。行くよ」

合図をしてから、美織が再生ボタンに触れる。

映し出されたのは、小さな屋内ホール。ステージに向けて、客席からスマホで撮った縦長の映像。そのステージに咲太は見覚えがあった。

「これって、うちの大学のホールだよな？」

「うん、去年っていうか、昨年度？　ミスコンの動画みたい」

　ボリュームを絞った音声に耳を傾けると、開演前の映画館のようなざわめきがあった。何かを待って期待している息遣いを感じる。

「ほら、見てて」

　美織が画面を指差す。そのタイミングで、ステージの袖からひとりの女子学生が出てきた。白の清楚なワンピース。背筋をぴんと伸ばし、軽快に小気味よく踵を鳴らす。モデルのような足取りで歩くのは岩見沢寧々だった。

　進行役の学生が「それでは、エントリーナンバー1、岩見沢寧々さんによる特技披露になります」と会場を盛り立てる。

　歓声と拍手の中、寧々はステージに置かれたピアノの前に座った。

　深呼吸をひとつ。

　それに合わせて、歓声と拍手がすーっと鳴り止む。

　直後、鍵盤に下ろされた寧々の指は、聞いたことのあるメロディを奏でた。

「霧島透子の曲だよな？」

　咲太が顔を上げて美織を見ると、美織は画面を見たまま無言で頷いた。

　長い前奏が終わる。

　寧々が大きく息を吸い込んだ。

　次の瞬間、瞳を閉じた寧々の歌声が、会場の空気をやさしく震わせた。見えない歌の波が、体の前から後ろへと通り抜けていく。

　その、体を撫でられるような感触に、感情が後から追いついてくる。足元から頭の方へと一気に高揚感が駆け上がっていった。

　まず観客たちは言葉を失っていた。きっと、ここに集まった誰もが、歓声を上げ、手拍子を送り、会場を盛り上げるつもりでいたはずなのに……。自分たちも盛り上がるつもりでいたはずなのに……。圧倒されて聞き入っていた。

　そうしてしまうだけの魅力的な歌声だった。

　咲太も口を半開きにしたまま、最後まで映像の成り行きを見守ることになった。

　やがて、会場の心を鷲掴みにしたまま、寧々は一曲を歌い終える。

　ピアノの音が遅れて止まった。

　それでもまだ会場は静まり返っている。

　寧々が椅子から立ち上がってようやく、観客の感情は爆発した。興奮した雄叫びが上がる。

「すげえ！」、「最高！」、「本物みたいじゃん！」と、次から次へと称賛の声が飛ぶ。誰かが指笛を鳴らしていた。

拍手が鳴り止まない。

興奮が収まらない。

いつまでも続きそうな勢いだ。

結局、動画の方が先に終わりを迎えた。

熱狂のまま画面がブラックアウトする。

「再生回数もすごくて」

美織がカウントされた数字を指差した。

「二百万回ね……」

そう記されていた。

「コメントも見て」

美織が画面を下にスクロールしていく。

——まじでいい

——上手いじゃん、ほんと

——てか、霧島透子に似てませんか？

——歌声ほんとまんまに聞こえるね

——まさかの本物登場とか？

——誰か検証してよ

──どう考えても、これ霧島透子でしょ
「最後のコメントは、十ヵ月前の四月か」

「このあと、みんなは彼女を認識できなくなったんだろうね」

恐らく、その推測は正しい。

「これ、同じ曲で、霧島透子が歌ってるやつは？」

「はい、こちらになります」

そう言われるだろうと思ったのか、美織はすでにＵＲＬを準備していた。

再生ボタンが押される。

流れはじめたのはミュージックビデオ。児童公園のブランコに、ブリキのトナカイが置かれた映像。そのトナカイに、咲太は見覚えがあった。

「このトナカイ……」

先日、寧々と一緒に元町に行った際に、山手エリアのサンタの家で購入したものだ。

それに気を取られていると、前奏を終えて歌が鼓膜を刺激した。最初の一声で、意識は歌声に持っていかれる。それだけ、さっき聞いたばかりの岩見沢寧々の歌声に似ていた。Ａメロも、Ｂメロも、サビ前も、サビもまったく同じに聞こえる。違和感がない。

何も知らなければ、何の疑いもなく同一人物の歌だと思うだろう。間違いなく思う。

霧島透子本人なのではないかと、コメント欄が盛り上がる理由はよくわかった。

「これを聞いた限りだと、僕も彼女が霧島透子だと思うな」

「SNSでも、霧島透子なんじゃないかって、一部では騒がれていたみたいだよ」

ふたつの動画を聞き比べたら、なおさらそう思えてくる。

「岩見沢寧々さんのSNSにも、質問のコメントがいっぱいあったし」

「美東、結構細かく見たんだな」

「だって、わたしと梓川君にしか見えない人がいるって、こわすぎるでしょ」

ごもっともなご意見だ。

「んで、美東はどう思ったんだ？」

「どうって？」

「そりゃあ、似てるとか似てないとか」

「似てるなぁ？」

疑問を含んだ曖昧な答えが返ってくる。

「本物だと思わないか？」

「実は、こんなのも見つけてしまって」

ノートPCを操作して、美織が画面を切り替える。

ブラウザー内に表示されたのは、投稿動画の一覧。縦に整列した動画たちは、画面を下にスクロールさせてもずっと続いている。百件ほどはあるだろうか。

サムネイルには、ひとつの例外もなく『霧島透子』の名前が刻まれていた。

その中のひとつを、美織が無造作に選んで再生する。

流れ出したのは、寧々バージョンと透子バージョンを聞き比べたばかりの曲。映っているのは、録音スタジオのような場所で、歌っているのは二十代前半くらいの髪の長い女性。カメラはその姿を真横から捉えている。

そして、その歌声は寧々に酷似していた。ということは、霧島透子の歌声にもそっくりということ。

少なくとも、一度聞いただけでは別人が歌っているようには思えない。

「これって？」

視線を美織に向けて、咲太は純粋な疑問をぶつけた。

「『霧島透子』で検索すると普通に出てくる動画。こんな感じのが百件以上あるんだよね」

「全部、霧島透子みたいな感じの？」

「うん」

静かに美織が頷く。

「どの動画にも、『本物みたい』ってコメントがあって」

ノートPCの上を滑る美織の指が、そのひとつを表示する。

——これ、本物でしょ

――発見、霧島透子！

――今度こそ間違いない
などと、寧々の動画と似たようなコメントが集まっていた。

「再生回数もだいたい同じくらいでさ」

美織が困ったような顔で咲太を見てくる。

「二百万回くらいってことか」

美織が小さく頷く。

「そのくせ、時期はばらばらなんだけど、あるときを境に、みんなコメントがぴたりと止まってるんだよね。岩見沢寧々さんの動画みたいに」

ますます困った顔で美織が言ってくる。

そこまで聞いて、美織が何を言いたいのかようやくわかった。理解した。自然と咲太の顔も困惑に歪む。たぶん、鏡を見たら、美織と同じような表情になっているはずだ。

「まさかとは思うけど、この人たちまで、見えなくなってるってことないよね？」

美織の口元に乾いた笑みが浮かんでいる。

「考えたくはないんだが……」

続きを口には出したくなくて、咲太は言葉を途中で止めた。

可能性はある気がする。

そう思ったからこそ、美織は聞いてきた。

そう思っているからこそ、咲太は苦々しく笑うしかなかった。

ふたりの間に、もどかしいような微妙な空気が流れる。

「まいったな」

「まいったね」

お互いが何を言っても、疑問が解消するわけではない。

わかっているからこその愛想笑いだった。

そこに、

「はい、おまちどおさま」

と、店員のおばさんがトレイをふたつ持ってやってきた。

ひとつは咲太が頼んだロースかつ定食。

もうひとつは美織が頼んだブラックカツカレー。

「あの、すみません」

料理をテーブルに並べてもらったところで、咲太はおばさんに声をかけた。

「はい、なんでしょう？」

愛嬌のある笑顔が咲太に向けられる。

「この動画、ちょっと見てもらっていいですか？」

咲太が目で合図を送ると、美織はノートＰＣを手に持って、画面をおばさんに見せた。すでに動画は再生されている。

先ほど、咲太と美織が見ていた二十代前半の女性が歌っている動画。

「動画？　ごめんなさい。何も映ってないように見えるけど？」

「歌は聞こえませんか？」

咲太の質問に合わせて、美織は露骨にボリュームを上げた。とんかつ屋の店内に聞こえるほどの大音量だ。

「若い子には聞こえるのかしらねえ。モスキート音って言ったかしら？　やだやだ、歳は取りたくないわ」

おばさんは咲太と美織に愛想よく笑いかけてくる。

「ありがとうございます。急に変なお願いして。助かりました」

「そう？　それじゃあ、ごゆっくり」

店員のおばさんは、新たに店にやってきた客に「いらっしゃいませ」と声をかけながら出迎えにいく。

それを見届けた美織は、ノートＰＣを静かに閉じた。丁寧な手つきで鞄にしまう。

「ほんとまいったな」

完全なる強がりから出た苦笑い。

自分でも表情が引きつっているのがわかる。

心から「まいった」から出た言葉だった。

「ほんとまいったね」

美織も珍しく半笑いだ。

咲太と同じ顔をしている。

「とりあえず、食うか」

ふたりにとって唯一の救いは、目の前に置かれたロースかつ定食と、ブラックカツカレーが旨そうだったこと。

「そうだね。いただきます」

「いただきます」

2

「ほんとのほんとに、まいったな」

美織と大船駅で別れた咲太は、ひとり電車に乗って藤沢に帰ってきた。駅から住み慣れたマンションに向かっている途中、幾度となく同じ独り言がこぼれる。

「まいったなぁ」

緩やかな坂道を上っているときも。

公園の脇を通り過ぎたときも。

マンションについて、ポストを覗いているときも。

エレベーターに乗っているときも。

玄関の鍵を開けているときも、「まいったなぁ」と、無意識に口にしていた。

もはや、何に「まいっている」のか、自分でもわからなくなる。

岩見沢寧々の他にも透明人間がいるかもしれないことだろうか。

それを知ってしまったことだろうか。

どちらかと言えば、後者だ。

知らなければ、気にせずにいられた。

「ほんと、まいったな」

ドアを開けて、家の中に入る。

靴を脱いでいると、リビングの方で電話が鳴った。

「はいはい、今出ますよ」

急いでリビングに向かう。

電話機のディスプレイには、見たことがあるような、ないような番号が表示されていた。

とりあえず、受話器を耳に当て、

「はい」

と、事務的な声で電話に出た。

相手が息を呑むのがわかる。妙な緊張感が伝わってきた。

「こちら、梓川さんのお宅で間違いないでしょうか？」

その声を聞いた瞬間、咲太は電話の相手が誰だかわかった。番号に見覚えがあるような気がしたのも納得だ。

「福山と言いますが」

電話の相手はそう続けたから。

「僕だけど、どうした？」

「よかった、梓川か。スマホ持とうぜ。連絡先ゲットするの苦労したのよ。合コンで一緒だった明日香ちゃんにまず連絡してさぁ」

「未来のナースのな」

あの合コンではもうひとり千春という看護学科の学生とも一緒だった。

「そうそう。そこから上里さんに連絡してもらって。その彼氏にまで話がいって。ようやくわかったんだから」

「国見がよく教えたな」

個人情報にはうるさい時代だ。

ない。

間に沙希が入っているなら、拓海の素性は確かめられる。それで、佑真も納得したに違いない。

「緊急事態で連絡したいって、伝えてもらったのよ」

「なんかあったのか?」

「まあ、まずはこないだ空港では悪かった」

「福山になんかされたっけ?」

「ちゃんと話を聞けなかったろ? 結局、梓川が何を言いたいのか、わからなかったしさ」

「いいよ。気にしてない」

気にしているとしたら寧々の方だ。あの日からどうしているのか、咲太も知らない。電話は何度か鳴らしたが、出る気配すらなかった。

「福山の方こそ、あの日、なんかごたごたしてるって言ってたけど、そっちは大丈夫だったのか?」

「んー、まあ、その話をしようと思って」

あの日と同様に、拓海のテンションがわずかに下がる。口調も少しゆっくりになった気がする。それは恐らく気のせいではない。再度口を開く前に、拓海は無意識に息を長く吐いていた。

「あのときさ、北海道から連絡あって」

「もしかして、あんまよくない話か?」

「んー、そういう話……中学の頃のクラスメイトが交通事故で死んだって連絡」

どこか遠くに聞かせるように……だけど、独り言のように拓海は語った。

「仲の良かったやつ？」

「高校は別々だったから、卒業してから会ってなかったけど……中学の頃は、結構話してたかな。二年のときに東京から引っ越してきたやつで」

そんな転校生がいたことを、咲太は寧々の口からも聞かされている。その転校生の存在が、拓海を意識する切っ掛けになったのだと……。

「葬式には出たかったから。余裕なくて悪かった」

「むしろ、そんな日にこっちこそ悪かった」

「まあ、でも、急いで帰って正解だったよ。葬式って生きてる人間のためにやるって、ほんとだな」

どこかしんみりした拓海の声は、空に向けて紡がれているように聞こえる。

「じゃあ、ちゃんとお別れはできたわけだ」

「してきたよ。途中でボロボロ泣いて。昔のクラスメイトにめっちゃ笑われたわ」

自分を元気づけるように、拓海が小さく笑う。

でも、話していると込み上げるものがあるのか、軽く鼻をすすっていた。

「わざわざ、それを言うために？」

「いや、それもあったんだけど……集まった同級生たちから変な話を聞いてさ」

「変な話？」

「『#夢見る』のことで」

咲太にとっては、この二週間ほど距離を置いていた言葉だ。成人の日を境目に、メディアでもあまり取り上げられることがなくなった。だから、さほど気にしていなかった。

そのせいか、不思議と懐かしさがある。

「北海道では今も流行ってるんですか？」

「東京でもまだ流行ってるって。合コンなんて、だいたいまずその話よ？」

「それは初耳です」

「梓川はSNSと縁がないもんな」

「その『#夢見る』が今さらどうしたんですか？」

「事故で死んだ俺の友達さ。イブの夜に夢を見てなかったんだよ」

「それが？」

いわゆる大人たちは、『#夢見る』で語られている現実みたいな夢を見ていない。同世代の中にも、麻衣のように見ていない人はいる。透子も見ていないと言っていた。

「あれ、未来を見てるって、信じられてるよな？」

「一般的にはそうですね」

そうではない可能性もあると、咲太は思っているが……。

「だから、夢を見なかったのは、『未来で死んでるから』なんじゃないかって……俺の同級生たちの間では噂されてたんだよ」

「……」

今まで考えもしなかった説だ。

未来に自分が存在していなければ、確かに未来の自分を夢に見ることはできない。

当たり前で簡単な方程式。

理屈は通っている。

「そんなわけないと思うけど……前に、桜島さんが夢を見てないって話、俺、聞いた気がして」

つまり、これこそが電話の理由。

「そんなわけないと思いますけど、教えてくれてありがとうございます」

拓海の話にはまだ何の確証もない。

だが、拓海のおかげでばらばらだったピースがいくつか繋がった気がする。

朋絵が見た夢。

麻衣が夢を見なかった理由。

もし、本当に麻衣が一日警察署長をやっている際に、意識不明の重体になるのなら……その状態が、咲太やみんなが夢に見た四月一日まで続くのなら、麻衣が夢を見なかった理由には納得がいく。

ただ、矛盾する部分もある。咲太や咲太以外の大勢が見た夢。麻衣が自らを『霧島透子』だと名乗った夢とは結びつかない。

夢の中で、麻衣はステージに立ち、美しい歌声を奏でていたのだから……。

だとすれば、郁実の話が真実を捉えているのだろうか。夢は未来ではなく、別の可能性の世界。それを覗いていたにすぎない。

真実の天秤は、そちらに傾きかけている。けれど、まだ決めつけるのは危険だ。

拓海の話によって、新しく見えてきたものがあるのは確かだ。だが、まだ見えていないものの方が大きい気がする。

「それはそうと、梓川」

「なんですか？」

「それだよ、それ！」

「どれですか？」

「なんで途中から敬語なの？」

「僕って、年上は敬うタイプなんですよ」

「……」

電話の向こうで拓海が絶句している。

「福山さんって年上ですよね。二歳も」

「なんでばれた⁉　ばれないようにずっと黙ってたのに！」

露骨に拓海が驚いている。

「福山さんのことをよく知る人から聞きました」

「それって、まさか……空港で梓川が言ってた俺の彼女ってやつ？」

「はい」

「んー、じゃあ、俺って本当に何か忘れてるんだな」

どこか納得したような声。それは咲太にとって意外な反応だった。

「僕の世迷言を信じるんですか？」

「俺、時々さ、思い出せないことあるんだよね。前も、梓川に聞かれたろ？　なんで、うちの大学受けたのかって」

あのときはさほど気にしなかったが、確かに拓海は「なんでだっけ？」と真顔で言っていた。

「わからないはずないのに、なんでわかんないんだろうなって思ってて」

今の咲太にならわかる。

どうして、拓海が大学の志望動機を忘れているのか。

岩見沢寧々に付き合って受験をしたから。その彼女のことを認識できなくなっているから。

理由の根っこに寧々がいる以上、寧々を認識できなければ、理由などわかるはずがないのだ。

「そしたら、空港であんなこと言われてさ。マフラーのこともあったから……もしかして、それが理由なのかなって思ったりしたんだよ」

「僕の話を信じてくれるなら、何がなんでも思い出してください」

「まあ、がんばるけど」

「死ぬ気でがんばってください。彼女も夢を見てないって言ってました」

「……」

拓海が息を呑むのが伝わってくる。

「彼女も危険な状態にあるのかもしれません」

「まじか」

「まじです」

「……」

「僕は麻衣さんのことで頭がいっぱいなんで。そっちは福山さんに任せますよ」

「なんとかしたら、その気持ち悪い敬語、やめてくれる？」

「約束します」

「そりゃあ、やる気が出るね」

少しだけ拓海が笑う。

咲太の口からも、緊張を解く吐息がもれた。

「帰省したのは、よかったのかもしれません。卒業アルバムとか、色々見返してください。何かが切っ掛けになるはずなんで」

「わかった。やってみる。なんかあったらまた電話するよ」

「はい、こっちも」

「じゃあ、またな」

電話が切れる。

咲太は一度受話器を戻すと、一秒と待たずに手に取った。

押したのは麻衣の携帯番号。

何度か呼び出し音が流れたあとで、電話は繋がった。

「咲太？　どうしたの？」

たった一言で、安堵の気持ちが溢れ出す。

返す言葉は決まっていた。

「麻衣さん」

「なに？」

「今すぐ会いたい」

「そう？　なら丁度よかった」

「え？」

咲太の疑問に答えるようにインターホンが鳴る。

もしかして、と思いながら、咲太は応答のボタンを押した。

小さなディスプレイに映ったのは麻衣だ。

「私、寒いから早く開けて」

「今、開けます」

開錠のボタンを押して、電話を切る。

麻衣が一階から上がってくるのを待ちきれず、咲太は玄関に向かった。サンダルをつっかけて外に出る。

マンションの廊下の向こうで、エレベーターのドアが開く音がした。

わずかに遅れて麻衣が姿を見せる。

「麻衣さん」

咲太が呼ぶと、麻衣は少し驚いたような顔をした。でも、すぐにやわらかい表情になると、

「どうしたのよ？」

と、言いながら、咲太の方に近づいてくる。

咲太も麻衣に近づいていった。

ふたりの距離は五メートルに縮む。

お互いが一歩進むごとに、四メートル、三メートルと近づいていく。

やがて、あと一歩というところで麻衣は立ち止まった。

咲太は立ち止まらずに、そのまま麻衣を抱き締めた。

「ほんと、どうしたのよ?」

先ほどと変わらない口調で麻衣が聞いてくる。

でも、すぐに自身を抱き締める咲太の腕が震えていることに気づいたのか、

「どうしたの?」

と、やさしい声音で言い直した。

咲太の答えはひとつしかなかった。

「麻衣さんのことは僕が守るから」

そんな一言で、麻衣にすべてが伝わるわけがない。

咲太に何があったのか、麻衣には何もわからない。

だけど、何かがあったことだけは伝わった。

今のふたりにはそれだけで十分だった。

「じゃあ、咲太のことは私が守ってあげる」

言葉とともに、麻衣の腕が咲太をやさしく抱き締めた。

この時、部屋では電話が鳴っていた。

音に反応したなすのが見上げる留守番電話にメッセージが吹き込まれる。

「手伝ってほしいことがあって電話しました。二月三日に、今から言う場所に来てください。横浜市金沢区――」

それは、霧島透子からの電話だった。

3

二月三日。節分。

太陽も西にだいぶ傾いた午後三時半。

咲太は金沢八景駅から歩いて十分ほどの距離にある三階建ての小さなマンションの前に立っていた。

「ここでいいんだよな？」

電信柱の番地を見る限り、付箋にメモしてきた住所と一致している。

二日前の夜、留守番電話に残されていた透子からの一方的なメッセージ。聞いたあとに理由を尋ねようと思い折り返したが、電話が繋がることはなかった。

だから、仕方なく咲太は言われたまま、指定された場所にやってきた。

どの道、透子とは話したいこともあった。

メモの最後には『201号室』と書いてある。

階段を上がって、近くのドアから確認する。一番奥が201号室だった。

表札は出ていない。

無機質で、無口なドアが咲太を出迎えただけ。

だから、ここが誰の家なのかはわからない。

インターホンを押したら、知らない誰かが出てくるかもしれない。

それでも、知らない家のドアの前で長々と立ち尽くしていては、ただの不審者だ。咲太は躊躇うのをやめて、インターホンを鳴らした。

室内でベルが響いているのがわかる。

間違いなく鳴っている。

「鬼が出るか蛇が出るかって、こういうときに言うんだな」

反応を待つ咲太の耳に、ドアの向こうから足音が聞こえた。近づいてくる。それが目の前で止まったかと思うと、鍵を開ける固い音がして、静かにドアが開いた。

隙間から見えたのは知っている顔。

前回と同様に、ミニスカサンタの衣装を着ているのは透子だ。

この場所に咲太を呼び出した張本人。

「言われた通りに来ましたけど？」

「これ、下のゴミ置き場に捨ててきて」

挨拶代わりに、ぱんぱんのゴミ袋をふたつも渡される。両方ともずしりと重い。

「これ、なんですか？」

「よろしくね」

質問には答えてもらえず、ドアも閉められてしまう。

両手にゴミ袋を提げたまま立ち尽くしているのもまた不審者だ。近隣の住人に目撃されて、通報でもされたらたまらない。寧々が透明人間である以上、咲太の無実を証明してくれる味方はいないのだから。

仕方なく、咲太は両手にゴミ袋を持ったまま、上がってきたばかりの階段を下りた。半透明のゴミ袋の中身は、どうやら殆どが衣類のようだ。

量としてはかなりのもの。

数年ぶりの大処分という感じ。

断捨離というやつだろうか。

そんなことを思いながら階段を下りる。マンションの敷地内に設置されたゴミ捨て用の金属製コンテナを見つけて、咲太は蓋を開けた。

大容量のゴミ袋をひとつずつ持ち上げて放り込む。ふたつ目のゴミ袋を投入した際に、ごんっと重たい音がした。

「ん？」

何が入っているか把握していない咲太としては、さすがに気になる。

一般ゴミに入れてはいけないものかもしれない。頼まれたゴミとは言え、咲太が投入した以上は、きちんと分別しておきたい。

入れたばかりのゴミ袋をコンテナから引っ張り出して、底の方を確認する。透明で光るものが見えた。音からして、プラスチックではなさそうだ。アクリルか、もしかしたらガラスかもしれない。

確認するために、袋を開けてそれを取り出す。

見てすぐに何かはわかった。

「これ……ミスコンのトロフィーだよな」

表面には、『ミスコングランプリ』の文字が刻まれていたから。

受賞者の名前は、もちろん『岩見沢寧々』だ。

捨ててしまっていいものなのだろうか。

もちろん、捨てていいものだから、ゴミ袋に入っていたのだろうが……。

少し迷った末に、咲太は衣類だけをコンテナの中に改めて放り込んだ。ここで、咲太がトロフィーを捨てると、まるで咲太が捨てたような気分になる。

トロフィーに傷がついてないか確認しながら、咲太は再び階段を上がり、部屋の前に戻った。

インターホンをもう一度鳴らす。

「遅かったね」

ドアが開くなり、不満を含んだ言葉が飛んでくる。

「普通、まずはお礼を言いませんか？」

「ありがとう。助かった」

「それと、これ捨てていいんですか？」

トロフィーを透子に見せる。

透子の目は、導かれるように咲太の手元を見た。トロフィーを見ていた。

「君って、捨てちゃいけないものまでゴミ袋に入れるの？」

「僕なら入れません」

「よかった。わたしも同じだよ」

「岩見沢寧々さんにとって、大切なものなんじゃないんですか？」

トロフィーに刻まれた名前に視線を落とす。

「それは誰？」

返ってきたのは、自分には関係ないという反応。

「あなたの本名です」

「なにを言ってるの？　わたしは霧島透子よ」

透子はごく自然に咲太を見ていた。今、話をしている咲太を。もうトロフィーにはまったく興味を示さない。視線がそちらに向かない。無理をしているわけではない。本当に興味がないというか、他人事のようだった。だから、当然のように、透子からトロフィーに対する未練はまるで感じなかった。

グランプリの獲得を報告していた岩見沢寧々のＳＮＳでは、心からの喜びと、周りへの感謝を語っていたのに……。

その証であるトロフィーを、簡単に手放すことができるのだろうか。

はっきりしすぎた透子の態度に、どうしても引っかかりを覚えてしまう。何か妙だと思った。気味が悪いと言ってもいい。

先ほどの「それは誰？」の一言も、赤の他人に向けているように咲太には聞こえた。

一緒に元町に出向いた際にはなかった違和感。

だが、咲太を迷わせるものの正体がいまいち見えてこない。

何か変だと感じながらも、何が変なのかがわからない。

前から透子はこんな人物だったと言われれば、そうかもしれないとも思える。

「いいから、上がって」

ドアを広く開けて、透子が咲太を部屋の中へと招き入れる。

「お邪魔します」

疑問は残っていたが、咲太は促されるまま、とりあえず玄関の中に入った。わざわざ、大学もないのに金沢八景までやってきて、ゴミ捨てだけして帰るわけにはいかない。

「スリッパ、使って」

クリスマスツリーをあしらった玄関マットの上に、トナカイ柄のスリッパが置かれる。ミニスカサンタと合わせて、世界観が統一されていた。

それを、この時点では不思議に思わなかった。

そういうセンスなんだと思っただけ。

玄関を上がってすぐは三畳ほどの広さのキッチン。そこから室内に続くドアが三つ。ひとつはバスルームで、もうひとつはトイレだろう。透子が開けた奥のドアの先に部屋があるようだ。バス、トイレは別々の少し広めの1K物件。

「遠慮しなくていいから」

透子が部屋の中へと入っていく。

「じゃあ、遠慮なく」

それに咲太も続こうとした。だが、その足は、すぐに止まることになった。

「……」

入口から室内を見た瞬間に、全身を驚きが駆け抜けた。反射的に立ち止まっていた。

理由は単純だ。案内された部屋の中の様子が、想像とかけ離れていたから。

まず視線が向かったのは部屋の中央。金や銀のオーナメントが飾り付けられたクリスマスツリーがあった。それも、咲太より少し背が低い程度の大きなツリーだ。

壁付けの収納棚には、松ぼっくりのリースやスノードーム、サンタクロースの人形が何体も並んでいる。その中には、先日、元町の店で購入したブリキのトナカイもいる。小さなソリにはたくさんのプレゼントの箱が積まれている。

室内にある家具らしい家具は、ソファベッドとリンゴのマークのノートＰＣが置かれたワークデスクのみ。他はサンタクロースとクリスマスに埋め尽くされている。

少なくとも、一般的な女子大学生の部屋には見えない。百歩譲ってクリスマスシーズンであればまだわかる。今日、友人を招待してパーティーをするならまだわかる。だが、今は二月。それも三日の節分だ。

「ぼーっと突っ立ってないで、こっち来て」

「個性的な部屋ですね」

ある意味、ミニスカサンタが住んでいる家っぽくはあるが……。

話だけ聞けば、楽しいと思える部屋かもしれない。子供ならわくわくするかもしれない。けれど、実際この空間に身を置くと、怖さの方が勝っていた。

改めて室内を見回す。サンタの人形と目が合う。つぶらな瞳で咲太を見つめていた。正直、今すぐここを出て行きたい。長居していると頭がおかしくなりそうだ。

「これ、組み立ててほしいの」

咲太の気分などお構いなしに、透子は部屋の隅に置かれていた折り畳み式の小さなテーブルを、ツリーの脇まで移動させてきた。

テーブルの上には、デンマーク生まれのおもちゃのブロックがある。何かを作っている途中なのか、パーツが散乱していた。

「男の子って、こういうの得意でしょ？」

「得意じゃない男もいると思いますよ？」

「君の場合は？」

「まあ、普通だと思います」

咲太は用意してもらった雪だるまのクッションに座って、とりあえず、ブロックの設計図に目を通した。完成すると、雪の積もった三角屋根と長い煙突が特徴的なロッジができ上がるようだ。家の住人と、サンタの人形もついているので、サンタが家にやってきた場面を切り取ったものだとわかる。これがまたよくできている。

現状、組み上がっているのは、基礎となる地面だけ。

「じゃあ、やりますか」

まずはブロックを色分けしておく。灰色の煙突のパーツ、茶色のロッジの壁、白と青の屋根。

それが終わると、咲太は茶色の壁から、ぱちぱちとパーツをはめていった。

その様子を、テーブルの真向かいに座った透子が見ている。

この場面だけを切り取れば、こういうデートがあってもいいとは思う。ここが咲太の家で、正面にいるのが麻衣なら、それも悪くない状況と言えるだろう。だが、ここは咲太の家ではないし、一緒にいる相手も麻衣ではない。サンタの家で、ミニスカサンタに見守られながら、ブロックを組み立てている。この状況は一体なんなのだろうか。

そんなことを思いながら咲太はしばらく黙々と作業を進めた。そして、それにも限界を感じたところで、大事な話を切り出すことにした。今日、透子の呼び出しに応じて会いに来たのは、そのためなのだ。

「去年のクリスマスに、『#夢見る』が騒がれたじゃないですか？」

「それが？」

「霧島さんからクリスマスプレゼントをもらった多くの若者が、未来のことを夢に見たってやつです」

「だから？」

透子の目は、パーツをはめる咲太の指に注がれている。

「そのことで、今、変な噂があるんですよ」

「別に興味ない」

あまりに素っ気ない態度。

それに動じることなく、咲太は続きを言葉にした。

「あの日、夢を見なかった人は、未来に存在しないから、夢を見なかったんじゃないかって噂なんです」

「それって……」

ようやく透子が顔を上げる。疑問を宿した瞳を咲太に向けてきた。

「死んでるってことです」

言葉は選ばなかった。

こればかりは、正しく伝わらなければ意味がない。

「……」

「霧島さん、夢を見てないって言ってましたよね？」

ロッジの窓枠になるブロックをはめる。

「君の彼女と一緒でね」

試すように、透子が聞いてくる。

「しかも、ＳＮＳ上の噂ってだけじゃなくて、本当に死んだ人がいるんですよ」

「それは君の知り合い？」

「霧島さんの知り合いです」

「……」

一瞬の沈黙。

それを、ブロックがはまる音が埋めていく。

「残念だけど、わたしの知り合いに亡くなった人なんていないよ」

「中学のとき、東京から引っ越してきた男子がいましたよね？」

「そんな人、知らない」

「ほんとに？」

「本当に」

透子の声の調子は変わらない。知人が死んだと聞いても、眉ひとつ動かさない。わずかな驚きも、突然の訃報に悲しむ様子もない。伝えている内容に対して、反応が薄い。薄すぎる。それが、咲太の正直な感想だった。

「……」

しっくりこない透子の態度に、無意識に疑問が顔に出てしまう。何かが嚙み合っていない気がした。間違ったところにブロックをはめている感じがする。

「なに？　変な顔して」

「福山が急いで北海道に帰ったのは、その人の葬式に出るためだったんです」

「君はさっきから何を言ってるの？」

「霧島さんの方こそ、なに言ってるんですか？」

何かがおかしい。今日、ここに来てからずっと咲太と透子はずれている。ずれを感じている。間違いなく。だが、今になっても、その理由が咲太にはわからなかった。

次の言葉に悩む咲太を尻目に、透子の方が先に口を開いた。

「まず、その『福山』って誰のこと？」

突然の言葉だった。

「は？」

違和感どころではない。ちょっとしたずれなどではない。透子の態度に、咲太は文字通り固まった。耳を疑った。あり得ない言葉が聞こえたから……。

「福山拓海ですよ。あなたの恋人の！」

思わず身を乗り出していた。

「知らないよ、そんな人」

逆に後ろに手を突いた透子が遠ざかる。

きょとんとした顔で、咲太を見ていた。ぱちくりと瞬きを二回。

「北海道にいた頃から付き合ってる人ですよ！」

「だから、知らないって」

冗談が入り込む余地はどこにもない。

「本当にわからないんですか⁉」

　ブロックを組み立てる手は、もはや完全に止まっていた。

「君が何を言っているのか、さっぱりわからない」

　面倒くさそうに、透子が咲太の言葉を払いのける。

「あなたが岩見沢寧々として付き合うことにした福山ですよ！」

　真っ直ぐに、透子の目を見て訴えかける。「わかってる」、「知ってる」、「当たり前じゃない」

　そういう答えを咲太は期待していた。

　だが、結果は違った。

　この時点で、「わからない」と言われることは覚悟していた。

　そんな咲太の覚悟を、透子は悠々超えていった。

　最も悪い結果だった。

「また知らない名前」

　ため息交じりの透子の声。

「え？」

「誰？　その岩見沢って？」

　単純な疑問が咲太に投げかけられた。

　その瞳は純粋無垢。

本当にわからないから、透子は咲太に質問してきている。

演技など、どこにも入り込む余地がない。

目の前に、咲太の知らない現実がある。理解できない現実が突きつけられていた。

背中が震える。心が一瞬で凍り付くほどの冷たさを感じた。

もはや、クリスマスとサンタクロースに彩られた部屋の異質さなど気にならない。もっとおかしなことが咲太の前で起きている。

「このトロフィーに見覚えは？」

絞り出すように、透子に尋ねる。

「ないよ。だから、捨てたのに。君が持って帰ってくるから」

「本当にわからないんですか？」

「わからないし、知らない」

「ほんとのほんとに？」

「知らないし、わからない」

「……」

間違っているのは咲太の方なのだろうか。そう思いたくなるほどに、透子は一貫していた。

ないものはない。

そう言い切っている。

「もういいよ。今日は帰って」

うんざりした様子で、透子が立ち上がる。

咲太を面倒くさそうに見下ろしている。

その目を見上げながら、咲太は最後のつもりで質問をぶつけた。

「自分が岩見沢寧々だってことが、わからないんですか？」

そんなはずはない。

少なくとも数日前までは岩見沢寧々としての記憶が彼女にはあった。北海道にいた頃の拓海との思い出を語ってくれた。馴れ初めを教えてくれた。

だから、全部忘れているなんて、記憶喪失にでもならなければあり得ない話だ。

それでもそのあり得ないことが、今、咲太の目の前では起きている。

「わたしは岩見沢寧々なんて知らない。わからない。これで満足？」

一音一音、咲太に念を押して聞かせる透子の声に迷いはなかった。知らないのだから迷わない。わからないのだから迷う必要がない。

本当に『岩見沢寧々』だという自覚が欠落している。

「わたしは霧島透子だって、何度も言ってるよね？」

あるのは、自分は『霧島透子』だという自覚だけ。

「……」

返す言葉もなく、咲太は無言で立ち上がった。

「それ、捨てて帰ってね」

咲太がテーブルに載せたトロフィーを、透子は何の感慨もなく見下ろしていた。

もはや、彼女に届く言葉を咲太は持ち合わせていない。

言われるまま、トロフィーを摑んだ。

「今日は帰ります。あとは屋根を付けて、煙突を組み立てれば完成するんで」

途中まで作ったブロックに視線を落とす。

「残りは自分でやってみる。ありがと」

お礼の言葉がむなしく聞こえる。

咲太は何かできたのだろうか。

そんなことを考えながら玄関に移動した。クリスマスツリーの玄関マットの上で、トナカイのスリッパを脱ぐ。靴を履くと、咲太は振り向かずに玄関のドアを開けた。

階段を下りていくとき、背中に視線を感じた。けれど、立ち止まることもなければ、振り返りもしなかった。

咲太がようやく立ち止まったのは、ゴミ捨て場の前。

視線を落とした手元には、透明なトロフィーがある。

昨年度のミスコングランプリを称えるトロフィー。

そこには、『岩見沢寧々』の名前が刻印されている。

存在の証がここにある。

けれど、本人が『岩見沢寧々』である自覚を失ってしまった今、この名前にどれほどの意味があるのだろうか。

このまま、彼女が忘れ続け、拓海や他のみんなが認識できない存在であり続けるなら、『岩見沢寧々』は生きていると言えるのだろうか。

「だから、夢を見なかったのかもな」

自らの意識と、他人からの認識が存在を定義するのなら、『岩見沢寧々』はもう死んだも同然なのかもしれない。

あとは咲太が忘れ、美織からも認識されなくなれば……本当に、彼女は死んでしまうのかもしれない。

蓋を開けたゴミ捨て場のコンテナの中には、寧々に頼まれて咲太が捨てたゴミ袋がふたつ入っている。

「捨てたのは岩見沢寧々の人生ってわけか」

咲太が握るトロフィーもまた岩見沢寧々のもの。

霧島透子である彼女には必要ないもの。

「だったら、せめて自分で捨ててくれ」

苛立ちを覚えながら、コンテナの蓋を閉める。

手にしたトロフィーはコートのポケットに突っ込んだ。

その咲太の足は、もう駅の方へと歩き出していた。

4

金沢八景駅まで歩いてきた咲太の足は、改札口には向かわずに、真っ先に公衆電話を目指した。まずは手持ちの小銭を全部出して、電話機の上に積み上げる。受話器を摑んで最初の十円玉を投入すると、慣れた手付きで十一桁の数字を順番に押した。

きちんと発信されていることを、呼び出し音が教えてくれる。

電話は三度目のコールを待ってから繋がった。

「双葉？　今、ちょっといいか？」

先に咲太の方から語りかける。

「このあと、姫路さんの授業だから手短にね」

理央に驚いた様子はない。返事も無駄がなく的確だった。

その後ろから、別の声が聞こえてくる。

「電話、咲太先生ですか？　だったら、少しくらい遅れてもいいですよ」

この声としゃべり方は紗良だ。

理央と一緒にいるということは、ふたりともすでに塾にいるのだろう。フリースペースで、今後の授業の方針でも相談していたのかもしれない。

「姫路さんの授業の邪魔をするわけにはいかないから、なるべく手短に話すよ」

逸る気持ちを抑えながら、咲太は今日の出来事を理央に語り出した。

咲太の話を聞き終えた理央の最初の反応は、声にならない長い吐息だった。そのあとで、

「また随分とおかしなことになってるね」

と、苦笑交じりの感想をもらした。

「だから、双葉に相談してるんだよ」

「だったら、まずサンタクロースの部屋のことだけど」

「あれは、ぞっとする光景だった」

「それ、霧島透子に関係があるみたいだよ」

「みたいって？」

伝聞形式の言い方が引っかかる。

「詳しくは彼女に聞いて」

「彼女？」

疑問の途中で、別の声が割り込んでくる。

「あ、私です。咲太先生」

「姫路さん、まだいたのか。盗み聞きはよくないぞ」

「ちゃんと堂々と聞いてました」

思春期症候群が治っても、盗み聞きする癖は治っていないのかもしれない。

「可愛く言ってもだめだからな」

「でも、私の話を聞いたら、先生、文句なんて言えなくなると思いますよ」

紗良が自信満々にそんなことを言ってくる。

「じゃあ、聞かせてもらおうか」

「霧島透子の動画って、サンタとか、トナカイとか、ツリーとか、なんかクリスマスっぽいアイテムが必ず映ってるんです。先生、知らなかったんですか？」

こんなの常識だとばかりに、紗良は笑みを含んだ口調で意気揚々と語ってくる。

「……」

そう言えば、前にとんかつ屋で美織と見た映像には、ブリキのトナカイが映っていた。紗良が言うように、他の楽曲にも似たようなアイテムが映っているのだとしたら、それは何を意味するというのだろうか。

「知らなかったよ。教えてくれてありがとう。双葉に代ってくれるか？」

事務的に感謝の念を伝えておく。

「もっとちゃんと褒めてくれないと嫌です」

「また駅前のカフェに新作ドーナツが出たら、おごるよ」

「本当ですか、やった！　理央先生に代わりますね」

浮かれた調子で、電話口から紗良の気配が消える。

「サンタの部屋に関しては、そういうことみたいだね」

代わりに聞こえてきたのは、いつの間にか『理央先生』になっている理央の落ち着いた声。

「それってつまり、どういうことだと思う？」

「梓川が考えている通り、動画の共通点に気づいた岩見沢寧々は、同じアイテムを集めたんじゃない？　梓川も買い物に付き合ったって言ってたでしょ？」

「そうだけど……何のために？」

「もちろん、霧島透子になるために」

咲太の問いかけに対して、あまりにも簡単に理央は答えた。

簡単すぎて、逆に難しい。

理解が上手く追い付かない。

理央は結論として何を言おうとしているのだろうか。

「最初、梓川から彼女の話を聞いたときは、ただ周囲から認識されなくなっているだけかと思ってたけど」

「麻衣さんの前例があったからな。僕もそう思ってたよ」

だが、実際は違っていた。同じではなかった。今日会ったら、彼女は自分が『岩見沢寧々』であることを忘れていたのだから……。麻衣のときは、そんなことにならなかった。

「だから、『岩見沢寧々』は消えようとしたわけじゃない。『霧島透子』になろうとしていたって考えるのが妥当だと思う」

「ちょっと待ってくれ双葉。『霧島透子』の正体が『岩見沢寧々』だって言うなら、別に『岩見沢寧々』であることを消さなくてもいいだろ？　どっちも自分で成立するはずだ」

「梓川の友達候補の言ったことが、きっと正解なんだよ」

「……」

言われて思い出したのは美織の言葉。

「岩見沢寧々は、霧島透子じゃない」

咲太が頭に思い浮かべた言葉を、理央がそのまま口に出す。まるで、証明問題の最後の一文を述べているかのような確信を持った口調だった。

「本物じゃないから、本物の『霧島透子』の動画の中に出てくるサンタやトナカイを集めていたってわけか？」

「私はそう思う。自分が霧島透子なら、霧島透子の持ち物を持っていないと矛盾が生じるでしよ？」

「言ってることはわかるけど……」

すぐには納得できない話だ。突然、目の前に新しい仮説が現れた。

「そんなことってあるか？」

形にならない感情を、咲太は疑問として吐き出していた。

「私は彼女じゃないから、彼女の気持ちまではわからない。もしかしたら、彼女自身もわかってないかもしれないけど」

「まあ、そうだな」

自分のことでも、自分でわかっているとは限らない。むしろ、わかっていることの方が少ないのではないだろうか。

「今、わかっているのは、『彼女はまだ霧島透子として、世の中に認識されていない』ということ」

「まあ、そうだな」

「彼女があくまで霧島透子であることにこだわるのなら、桜島先輩は本当に危ないのかもしれないよ」

突然出された名前に、咲太の心臓が一度強く脈打った。

「それはどういう意味だよ、双葉」

一体、理央は何を言おうとしているのだろうか。

「成人の日の報道で、メディアは追わなくなったけど……今もSNS上では、霧島透子の正体の最有力候補は桜島先輩のままでしょ？」

「……そうみたいだな」

「これが覆らない限り、彼女が霧島透子として世の中から認識されることはないんじゃない？」

ようやく理央が言いたいことがわかってきた。

「つまり、岩見沢寧々が霧島透子になるには、麻衣さんが邪魔ってことか」

「現状においてはね。梓川、明日の一日警察署長のイベントで、桜島先輩が事故に巻き込まれるって、前に言ってたよね？」

「ああ、古賀の見た夢……というか、たぶん未来のシミュレーションでな」

「考えすぎかもしれないけど、それに岩見沢寧々が絡んでるって可能性はない？」

「……」

ない、と即答はできなかった。

「今の彼女は透明人間なんだから、ある意味、何でもできるでしょ？」

「少なくとも、今日話した限り、そういう危険性は感じなかった」

だけど、やはり、絶対にあり得ないかと聞かれると、彼女のことをまだよくわかっていない咲太には、「ない」とは言い切れなかった。信用するほど相手を知らないわけでもない。不審に思うほど知らないわけでもない。

「一応、明日、私もイベントは見に行ってみる。彼女のことが見えない私に何かできるとも思えないけど」

「明日は何が起こるかわかってるからいいとして……むしろ、問題は明日以降だよな？」

たとえ、明日の危機を回避したとしても、状況は継続するだけだ。

誰も彼女を認識できない。

何か罪を犯したとしても、捕まえようがない。

見えないのだから。

「そうだね」

「だったら、明日までに決着をつけるしかないってことか。そのためには……」

「結局のところ、彼女の思春期症候群を治すしかない」

結論はまさにそれだった。

最初に出ていた答えが、最良の答えになっている。

残された時間は少ない。

明日の午後……麻衣が一日警察署長のイベントに出るまで。今から数えると、すでに二十四時間を切っている。

打つ手があるとすればひとつだけ。

拓海に賭けるしかない。

咲太の言葉は、彼女には届かないのだから。

力ずくで彼女を止めたとしても、その場しのぎの解決にしかならないから……。

「なあ、双葉」

「なに？」

「飛行機のチケットって当日でも買えるよな？」

「私は買ったことないけど、買えるんじゃない？」

そんなやり取りを最後に、咲太は理央との電話を切った。

小銭はまだ少しだけ残っている。

顔を上げると、空は随分暗くなっていた。風も冷たくなっている。かじかむ手で、咲太は再び電話をかけた。先ほどとは違う番号。自宅の番号だ。

今度も繋がった瞬間に、

「花楓か？　僕だけど？」

と、咲太の方から声をかけた。

「なに？」

「悪い。今日帰れないから、なすのの面倒よろしくな」

「はあ？　なにそれ、どこか行くの？」

「北海道」

「はあ？　なにそれ」

まったく同じ反応が返ってくる。

「まあ、いいけど。お土産買ってきてね。てか、そうだ！　麻衣さんご飯作りに来てくれてるのにいいの⁉　今、代わるね。麻衣さん、お兄ちゃんが〜！」

返事を待たずに、花楓の声が遠ざかっていく。

二、三秒待っていると、

「咲太？」

と、電話から麻衣の声が聞こえた。

「ごめん、麻衣さん。今から福山に会いに北海道行ってくる。花楓のことお願い。明日のイベントまでには必ず帰るから」

「わかった。今日は咲太の家に泊まるわね」

「今すぐ帰りたくなってきたな」

「咲太が帰ってくるなら、泊まらないわよ」

「えー」

「それじゃあ、気を付けてね。着いたら電話して」

「はい、必ず。あ、そうだ、麻衣さん」

「ん？」

「大好きです」

「ハンバーグが焦げちゃうから、花楓ちゃんに代わるわね」

笑みを含んだ楽しげな声を最後に、電話口には花楓が出た。そして、再度、花楓に文句を言われ、土産を催促されてから電話を切った。

受話器を下ろす。

けれど、手は離さない。

もう一か所だけ電話をかけなければならない場所があった。

ただ、咲太の手はそこで止まった。

緑色の電話機の上に積み上げた小銭がもうない。先ほど投入した十円玉が最後。

咲太の視線は、受話器を持ったまま両替できそうな自販機の方へと向く。

そのタイミングで、背中から声をかけられた。

「梓川君？」

少し驚きを感じながら振り返る。背後には疑問の表情を浮かべた郁実がいた。

「授業もないのに、どうしているの？」

「ちょっと野暮用で」

郁実の目は、咲太が握る公衆電話の受話器に向かっていた。

「赤城は、学習支援のボランティアか？」

「うん。節分もかねて」

鬼のお面をかぶって、生徒と豆まきでもしたのだろうか。真面目な郁実なら、やっていそうな気がする。その姿が想像できる。

「赤城、いきなりで悪いんだけど、スマホか、小銭を貸してくれないか？」

当然のように、郁実の顔に疑問が宿る。だけど、理由を聞かずに、郁実は自分のスマホを咲太に差し出してきた。

これで、北海道に帰省中の拓海に連絡ができる。

5

羽田空港に向かう電車の中は空いていた。横長のシートひとつひとつに、一組の乗客が乗っている程度。時刻は午後八時過ぎ。利用者が少ないのも当然だ。

その落ち着いた電車内で、咲太は郁実に借りたスマホを使い、霧島透子の動画を見ていた。片っ端から。音を消したままで。

紗良が言っていたことを確認するのが目的だった。

ひとつ目の動画にはサンタの人形。

ふたつ目にはクリスマスツリー。

三つ目にはスノードーム。

それから、トナカイのソリ、プレゼントを入れる靴下、無数のオーナメントと……紗良が教えてくれた通り、どの動画にも確かにクリスマスを連想させる何かが映っていた。しかも、そのひとつひとつのアイテムに、咲太は見覚えがあった。

寧々の部屋にあったものばかり……。

今、見ている動画には、おもちゃのブロックで作られた煙突のあるロッジが使われている。煙突からサンタの人形がプレゼントを届けようとしている。

これが、ただの偶然のわけがない。

明らかに意図的なものだとわかる。

そして、それがわかれば、動画の確認としては十分だった。

「スマホ、助かったよ」

画面を消すと、咲太は隣に座る郁実にスマホを返した。

「もういいの?」

「ああ」

「そう」

「それより、本当に赤城も一緒に来るのか？」

ふたりが乗る電車は、京急蒲田駅を出て、すでに羽田空港に向かう空港線内に入っている。

本来、郁実が降りるべき横浜駅はとっくに通過していた。

「向こうの世界からのメッセージが関係してるなら、私も気になるから」

だから、咲太と一緒に北海道に行くと、郁実は金沢八景の駅のホームで言い出したのだ。

「赤城が責任を感じることじゃないけどな」

「ごめん。こういう性格なの」

「知ってるし、謝るところでもないけどな」

「梓川君はありがとうの方が好きだもんね」

それは照れくさいという顔を郁実はしている。

「それと、『がんばったね』と『大好き』が三大好きな言葉だって、教えてくれる人がいたんだよ」

「……」

咲太の意図に気づいた郁実が、わずかに目を伏せる。でも、そのあとで、

「ありがとう。私のわがままを聞いてくれて。これならいい？」

と言ってきた。

「その方がずっといい」

そんな話をしているうちに、次はもう終点の国内線ターミナル駅だった。

咲太と郁実を乗せた新千歳空港行きの最終便は、定刻の午後九時三十分に羽田空港を飛び立った。

夜の雲間を抜けて、ぐんぐん上昇していく。

地上の光は遠ざかり、美しい夜景が広がる。

やがて、高度は一万メートルに達し、時速は八百キロメートルに迫る。気圧の変化で耳がキーンとする。それが収まる頃に、シートベルト着用のランプも消えた。けれど、それと同時に、常に着用しておくことを促すアナウンスが流れた。

機内がすっかり落ち着いたところで、ワゴンを押したＣＡのお姉さんがドリンクのサービスに席を回りはじめる。テーブルを出した咲太は、温かいオニオンスープを入れてもらった。紙コップに描かれたクマの顔が咲太を見ている。隣に座る郁実も、クマの顔を見てちょっと微笑んでいた。

「別に笑ってないから」

「別に笑ってもいいと思うぞ」

午後十時過ぎという時間帯のせいか、機内は寝静まったように静かだ。

薄くエンジン音が響き、時折、機体を揺らす風の音が聞こえるだけ。

他の客はスマホで映画鑑賞したり、毛布にくるまって眠っていたりする。

咲太は目的地までの距離と飛行速度を表示したモニターを見ながら、ずっと考え事をしていた。

霧島透子のこと。

いや、岩見沢寧々のことを考えていた。

咲太と同じ大学に通う三年生。国際教養学部に在籍。

北海道出身。誕生日は三月三十日。

特技はピアノの弾き語り。

高校生の頃から地元北海道で、モデルの仕事をしていた。

大学進学を機に上京。

東京のモデル事務所に所属して、本格的に活動を開始。

大学二年の学祭では、見事ミスコングランプリを獲得した。大学内での知名度はうなぎのぼり。その頃から、ＳＮＳの投稿も活発になっていた。

だが、翌年の春に、更新はぴたりと止まる。

恐らく、その時期に、他人から認識されなくなったのだと思う。理央の言葉を借りれば、『岩見沢寧々』であることをやめようとした。『霧島透子』になろうとした。

『岩見沢寧々』としての自覚は、その頃から徐々に欠落していったのかもしれない。

咲太が出会ったのは昨年の十月の終わり。

卯月が一足先に大学を卒業していった直後のこと。

ミニスカサンタの格好をした彼女は、自らを『霧島透子』と名乗った。

「……」

咲太にわかっているのはこれだけ。

彼女がどのような気持ちで上京してきたのかはわからない。

どんな想いで、大学生活を送っていたのかは知る由もない。

どうして消えることになったのかは想像もつかない。

だから、考えても仕方のないことだ。

何時間、何十時間考えを巡らせたところで、正しい結論が出るわけがない。咲太は咲太。岩見沢寧々ではないのだから。

それがわかっていても、咲太は考えるのをやめることはできなかった。

薄暗い夜の機内の雰囲気が、咲太にそうさせていた。

咲太が思考の堂々巡りを繰り返しているうちに、「本機はまもなく着陸態勢に入ります」とアナウンスが流れた。

羽田を発って約一時間半。

窓の下には北海道の夜の大地が見えていた。

「またのご利用お待ちしています」

丁寧な挨拶で機内から送り出された咲太は、他の乗客の流れに身を任せて、空港内の長い通路を無心で歩いていた。すぐ後ろを郁実がついてくる。

十一時を過ぎた空港内は、人の気配も少なく不思議な緊張感に満たされていた。

その中をひたすら無心で歩く。

しばらく進むと、到着ロビーが見えてきた。

ゲートの向こうには、誰かを迎えに来た人たちが、今か今かとこちらを見て待っている。三十人くらいはいるだろうか。

息子の帰省を笑顔で迎えるおばさんもいれば、恋人の到着に頬が緩む男性もいた。

そうした中に、咲太はオレンジのマフラーをした人物を見つけた。

拓海だ。

すぐに向こうも咲太に気づいて、軽く手をあげてくる。友人を出迎える笑顔。だが、その顔は「え？」という驚きに変わった。咲太の斜め後ろ……郁実に気づいたからだ。

口を半開きにした拓海を視界に捉えたまま、到着ロビーに出る。

「本当に来るとは思わなかった」

拓海はあの日と同じ言葉で、あの日以上の苦笑いを浮かべた。

「行くって言ったろ？」

「普通、冗談だと思うって。それに……」

「突然、来てすみません」

視線を受けた郁実が丁寧に頭を下げる。

「いや、それはいいんだけど、なんでだろうって思うよね？」

そう話しながら、他の利用客の邪魔にならないように、咲太たちは通路から脇に逸れた。

「んで、このあと予定は？　泊まるとこ決まってんの？」

とりあえずは目先の相談からという雰囲気で、拓海がベンチに腰を下ろす。

「ごめん。先に、家に連絡入れてくるね」

そう断って、郁実は咲太と拓海から少し離れていく。気を遣ってふたりにしてくれたのは明白だった。

ならば、早々に本題に入った方がいい。そもそも、咲太には時間がない。

咲太はひとつ間を空けて、拓海の隣に座った。その際、コートのポケットからトロフィーの頭が押し出される。自然と、咲太と拓海の視線はそこに向かう。

「ポケットになに入れてんのよ？」

「これだよ」

トロフィーを引っ張り出して、咲太は拓海に見せた。

寧々がミスコングランプリを獲得した証である透明なトロフィー。

「見覚えないか？」

「……」

拓海の眉が寄る。そのままの表情で固まった。

今の反応だけでは、どういう意味か読み取るのは難しい。驚いたのか。それとも、理解に苦しんでいるのか。どちらとも言える反応だった。

ひとつ確かなのは、拓海の目が今もトロフィーを見ているということ。じっと見つめたまま逸らそうとしない。

しばらく待つと、何も言わない拓海の手が伸びてきた。トロフィーに指先が触れる。そのましっかりと摑んだ。

ゆっくり咲太が手を離す。すると、拓海は自分の体に引き寄せて、両手で大切そうにトロフィーを包み込んだ。

その指が、表面に刻まれた文字をなぞる。

『岩見沢寧々』と彫られた部分をなぞった。

愛おしそうに、何度も何度もそれを繰り返した。

拓海の唇が何かを言おうとして戦慄く。

でも、言葉がなかなか出てこない。

知っているはずの名前を拓海は呼ばない。呼べないのかもしれない。

「梓川……」

ようやく拓海が口にしたのは咲太の名前。

「福山、落ち着いて思い出せ」

トロフィーが拓海に何らかの切っ掛けを与えたのは間違いない。

だが、咲太の言葉に、拓海は首を横に振る。

何度も、何度も、咲太を否定するように首を振った。

「違うんだ、梓川……」

次に拓海が発した声は震えていた。乾いてしわがれていた。

「……福山？」

「だって、なあ、これって」

絞り出すように……。

「ほんと、喜んでたんだよ」

想いを吐き出すように……。

「グランプリに選ばれて、うれしそうに笑ってたんだよ、寧々は！」

やっとの思いで、拓海がその名を口にする。その目は涙で滲んでいた。

ぼたっ、ぼたっ、と大粒の雫が落ちる。トロフィーの上にも落ちた。寧々の名前の上にも落ちて濡らしていく。

「俺、なんで今まで忘れてたんだ……！」

じっと『岩見沢寧々』の文字を見つめる拓海は、やさしい目をしていた。

「北海道まで来たかいがあったよ」

咲太は拓海の背中に、ぽんっと手を置いた。

第四章　サンタクロースの夢を見ない

1

新千歳空港の中にある温泉施設の館内は、すっかり寝静まっていた。

時刻は深夜一時過ぎ。

咲太たちは明日の始発便まで時間を潰すため、深夜も営業している温泉施設に朝まで滞在することにしたのだ。

広々とした大浴場に、同じく広々とした露天風呂。岩盤浴、食事処に休憩所など豊富な設備が整っている。

ひとまず温泉に入ってゆっくりした咲太は、館内用の甚平に着替えて、今はリラックスルームのリクライニングシートに身を預けていた。

手には自由に読んでいい漫画本を持ち、ぱらぱらとめくる。

しばらくひとりで過ごしていると、隣のリクライニングシートに拓海がやってきた。咲太と同じ灰色の甚平を着ている。

「赤城さんから伝言。明日の朝一の便が取れたって」

「時間は？」

「七時半発で、羽田に九時十分着だそうです」

拓海の視線はスマホに向いている。メッセージアプリで郁実から送られてきたメッセージを読んでいるから、そんな口調なのだろう。

「赤城は？」

「隣の女性専用リラックスルームで休んでるってさ」

「お礼、言っといてくれ」

「やだよ、自分で言え」

そう言って、拓海は隣から自分のスマホを投げてよこした。漫画本を離してキャッチする。おかげで、どのページまで読んだかわからなくなってしまった。じっくり読んでいたわけでもないので、少しも問題はなかったが……。

閉じた漫画本は脇に置いてスマホを見る。思った通りメッセージアプリが起動していた。やり取りをしている相手の名前は『Akagi Ikumi』と表示されている。

──チケット、ありがとな。梓川より

と、メッセージを打って送った。

直後に『既読』が付いて、

──どういたしまして

と、固い返事が戻ってきた。

いかにも郁実らしい。それが少しおかしくて、息がもれるような笑いがこぼれた。

「スマホ、サンキュ」

一声かけてから、拓海にスマホを投げて返す。「おっ」と、驚いたような声を出しながらも、拓海は難なくキャッチした。

「なあ、梓川」

「んー？」

「赤城さんも一緒なの、桜島さんは知ってんの？」

「ここ入る前に、電話して話しておいたよ」

「なんて？」

「なんか赤城も一緒に行くことになったって」

「そしたらなんて？」

「ふーんって言われた」

咲太の返事に、拓海が口を半開きにして固まる。

「それ、めちゃくちゃ怒ってない？」

口元だけ引きつったように笑って、拓海は聞いてきた。

「全部、福山のせいにするから大丈夫」

「俺が大丈夫じゃなくない？」

「事実だから仕方ない」

「はぁ、だよなぁ」

諦めたように、拓海が背中をシートに預ける。

そこで、一度会話は途切れた。

「……」

「……」

ふたりの間に沈黙が落ちる。

咲太は漫画本に手を伸ばさなかったし、拓海もスマホに視線を向けなかった。

ただ、何かを待っているかのように口を閉ざしていた。

拓海が再び話しかけてきたのは、一分ほどの長い間があったあと。

「あのさ、梓川」

「なんだ？」

「このままだと、寧々はどうなると思う？」

これを聞くために、拓海には長い沈黙が必要だったようだ。

「今、彼女の中に、岩見沢寧々はもういない。僕と福山が忘れたら、本当に存在していないことになるかもしれない」

あとひとり、美織も彼女を認識できていたが、わざわざ拓海に話すのはやめた。

「俺はどうすればいいと思う？」

質問する声の調子は、最初と一緒だった。

真剣だけど、深刻ではない。

「彼女を救えるのは、福山の愛の力だけだよ」

「一年近くも忘れてた俺に、愛を語る資格があるかね？」

「福山になかったら、たぶん誰にもない。だから、しゃんとしろ」

咲太は前を向いたまま、隣にいる拓海に言うべきことを言った。

一瞬、驚いたような間が拓海にはあった。

けれど、すぐに、

「あははっ、久々に叱られたわ」

と、声を上げて笑った。

「早く彼女を取り戻して、死ぬほど叱られればいい」

「寧々、怒るとこわいんだよな」

言葉とは裏腹に、拓海の表情にはあたたかさがある。彼女を想うあたたかさが……。

拓海と寧々。ふたりが一緒に過ごしてきた時間がそうさせている。

「告白したときも、返事の前に『遅い』って、怒られたのよ」

「大学に落ちたときは？」

「現役のときは、『なんで』って泣かれた。二度目は『無理しなくていいから』ってやさしくされたな」

あれはきつかったと、拓海が笑う。

「三度目の正直は？」

「『よかった』って、ぼろぼろ泣かれたよ。ほんと安心したって感じでさ」

「……」

「今、思えば、あの頃から寧々は色々抱えて、悩んでたんだろうな」

「……」

「地元じゃあ、ほんと有名人だったんだよ。時々、東京に呼ばれて、モデルとして仕事をしてさ。そんなやつ、俺らの周りには寧々しかいなかったから……近所の高校まで名前が知られて、わざわざ他校から見に来るやつらもいて……。まあ、梓川にしたら、たいした話に聞こえないかもしんないけど」

拓海の苦笑いは、暗に麻衣の存在を示唆している。有名人というカテゴリーで語れば、確かに麻衣の存在感に勝る人物はそうそういない。街の有名人どころか、国民的な知名度を誇っているのだから……。

「だけど、上京してからは、思ったように仕事が増えなかったみたいで……寧々もその辺のことあんま話したがらなかったんだよな」

「ミスコンはグランプリに選ばれてたろ？」

「だから、珍しく喜んでたよ。特技の歌が話題になってさ。歌うと反応がもらえるから、そういう動画を撮るようになっていったんだよ。認めてもらえて。楽しんでもらえて。霧島透子に似てるとか、本物みたいとか言われて、まあ、寧々も楽しそうにしてたかな」

「それって、彼女がやりたいことだったのか？」

「俺が聞いてた目標は、東京のＴＶ局でアナウンサーになることだったな。だから、登竜門的なミスコンのグランプリも、あんなに喜んでたんだし。カラオケで歌が上手いのは知ってたけど」

「それが今は、自分が霧島透子だって言ってるし、本人はそう信じてるわけか」

「色々掛け違ったのかもな」

「ちょっと掛け違っただけだろ。福山とも。だから、まだなんとでもなる」

「……」

無言で拓海が視線を向けてくる。

それに、咲太は応じなかった。

「そうかもな」

ぽつりと拓海が納得する。

「そうだよ」

咲太は前を向いたまま頷いた。

「なあ、梓川」

視線を正面に戻しながら、拓海が呼び掛けてくる。

「ん?」

「俺、寧々のことが好きだわ」

何を言うのかと思えば、唐突な告白だった。いや、拓海にとっては唐突でもなかったのかもしれない。彼女のことを語っているうちに、心の中で膨らんでいった気持ちがあったはず。思い出した思い出の数々があったはずだから……。

「俺、寧々のこと好きだわ」

もう一度拓海が言う。

「それは、明日、彼女に言ってくれ」

咲太はリクライニングシートから身を起こした。立ち上がって、リラックスルームから出て行こうとする。

「どこ行くのよ?」

「トイレ」

「いっといれ」

「福山は明日に備えて少しは寝ておけよ」

「寝られると思う?」

苦笑を浮かべる拓海に返事はしないで、咲太はひとりリラックスルームを後にした。

宣言通りトイレに寄ったあと、咲太は拓海のもとには戻らずに、温泉施設の下の階に向かった。ひとつ下は温泉のフロア。ふたつ下がロビーと食事処になっている。

すでに営業時間を過ぎた食事処は、無料のドリンクサーバーの近くに電気が灯っているだけで、あとは薄明りだ。

喉を潤すために、ドリンクサーバーであたたかいほうじ茶を淹れる。

すると、背後から名前を呼ばれた。

「梓川君？」

振り返ると、座敷の段差のところに浴衣姿の女性が座っているのが見えた。

郁実だ。

咲太同様、ドリンクサーバー目当てで来たのか、手には湯飲みを持っている。

その隣に、咲太は少し間を空けて座った。

「帰りのチケットの予約、ありがとな」

「それはさっき聞いたよ」

「赤城がいてくれて助かった」

「それは、はじめて聞いた」

殆ど感情を動かさずに、郁実が湯飲みに口を付ける。

「こういう場所があるのも、事前に調べておいてくれたろ」

温泉施設で時間が潰せると教えてくれたのは郁実だ。羽田を発つ前、「到着時刻も遅いし、最低限の着替えはこっちで準備していった方がいいんじゃない？」と助言してくれたのも郁実だった。

「それは、私も困るから」

「でも、助かった」

「うん」

郁実が居心地悪そうに再びほうじ茶を飲む。人の助けにはなろうとするくせに、相変わらずお礼を言われるのは苦手なようだ。

「……」

「……」

他の利用者がいない深夜の食事処は、ふたりが口を噤めば何も聞こえなくなる。あるのは、エアコンの稼働音だけ。

「赤城はさあ」

「なに？」

「福山の彼女のこと聞いて、どう思った？」

　この疑問を口にするのは簡単だ。言葉にするのは簡単だった。

　けれど、正しく答えようとすると難しい。非常に難しい問題だと思う。

　それでも、咲太の予想に反して、郁実が考え込むことはなかった。困った顔も見せなかった。最初から答えがわかっていたみたいに、自然に口を開いた。

「私は、よくあることなんだと思った」

　郁実の横顔に戸惑いはない。躊躇いもなかった。いつもの落ち着いた郁実の声。

　あまりに迷いがなさ過ぎて、

「そうか？」

　と、咲太は疑問を被せるようにして聞き返していた。

　郁実の言葉の真意が、一言聞いただけではわからなかったのだ。

「梓川君にはなかった？　自分が見つからなかったり、自分を見失ったりしたこと」

　逆に質問をされて、咲太は苦笑いがもれた。今度こそ、郁実の言っている意味がよくわかったから……。

「私はあるよ。色々上手くいかなくて、周りの出来事にただ流されて……気が付いたら、もうひとつの可能性の世界に逃げ込んでた」

「僕にもあるよ。あった。自分を見失ったことが」

　これを腑に落ちるというのだろうか。郁実のおかげで、ずっと正体を掴めずにいた『岩見沢寧々』という人間のことが、急にわかった気がした。身近にも思えてきた。

「福山の彼女の場合、流れ着いた先が『霧島透子』だったってだけか」

上京してから人生が上手くいかなくなって、今までの自分を否定されたような気分になって、その上、『桜島麻衣』まで目の前に現れた。それに悩んで、足掻いて、もがいて……それでも何も変わらなくて、彼女は自分を見失ってしまった。自分が何者かわからなくなってしまった。

すべてを失った彼女が頼ったのが、ある言葉。

「本物の霧島透子かもしれないって言われたことは、自分を見失った彼女にとって、大きな意味があったのかもな」

「私は今でも覚えている。幼稚園に通っていた頃に、友達のお母さんから『郁実ちゃんはいい子だね』って言われたことを」

「……」

「私はそれがうれしくて、また褒めてもらいたくて『いい子』でいようとしてた」

「赤城らしい話だな」

「おかげで、中学に上がった頃には、みんなから真面目過ぎるって笑われたけど」

「そうだったな」

「梓川君は覚えてないでしょ？」

「覚えてるよ」

「本当に？」

「思い出したって言う方が正しいけどな。赤城は誰よりも綺麗に黒板を消してたろ？　黒板消しも新品みたいにして。チョークの粉を吸わせるクリーナーまで掃除してるやつって、僕は赤城しか知らないよ」

「黒板ばっかり」

郁実の声は呆れたように笑っている。咲太を笑っているのではない。そんな過去の自分を懐かしんで笑っている。

「でも、私はそれを自分らしさだと思えたから、あの頃は生きづらさなんて感じたことはなかった」

「そのはじまりが、たった一言の『いい子だね』か」

「うん」

「岩見沢寧々にとっては、『霧島透子みたい』って言われたことが、見失っていた自分を取り戻す切っ掛けになったのかもな」

少なくとも一縷の希望にはなった。

それを道しるべだと勘違いした。

「梓川君は、そういう経験ない？」

「ある人に、『やさしくなれる』って言われて、その気になったことはあったな」

「今も、それを信じてるんだね」

「そう考えると、ほんと赤城の言った通りだな」

「ん？」

「どこにでもあるよくある話」

『霧島透子』の歌を歌うことで、寧々はようやく注目を浴びることができた。それは彼女がずっと求めていた自分。ずっと望んでいた自分。ずっと欲していた自分の姿。

理想的な自分がそこにいた。

居心地のいい場所がそこにあった。

寧々にとって、それが『霧島透子』だったというだけの話。『岩見沢寧々』でいることよりも、注目を浴びる誰かでいることの方が大切だった。

「改めて、赤城がいてくれてよかったよ」

空になった湯飲みを置いて、座敷に仰向けに倒れる。温泉施設の高い天井が咲太を見下ろしていた。

「寝るなら、上に戻った方がいいよ」

「そうだな」

返事をしたときには、もう目を瞑っていた。

2

翌朝、新千歳空港には、天気予報の予測を上回る大雪が降った。

目が覚めて外をはじめて見たときには、飛行機の欠航を疑ったほど。

「これくらいなら大丈夫よ。少し遅れるかもしれないけどさ」

絶望的な気持ちで外を見ていた咲太と郁実に陽気な声をかけたのは、北海道出身で雪に慣れている拓海だ。

滑走路の除雪に多少時間はかかったものの、拓海の予言通り、飛行機は一時間遅れで飛ぶことになった。

咲太たちが新千歳空港から飛び立ったのは、午前八時半。

約一時間半のフライトを終えて、羽田空港に到着したのは午前十時過ぎ。

バスで到着ロビーに運ばれ、足早に京急線の改札口を通り抜けたときには、もう十時半を回っていた。

横浜方面に向かう急行電車に三人で乗り込んで並んで座る。

降りたのは、三人にとっては馴染みの駅。大学がある金沢八景駅だった。

駅のロータリーでタクシーを捕まえて、寧々が住むマンションの住所を伝える。

金沢八景駅から徒歩で十分程度の距離。

だから、タクシーは五分とかからずに咲太たちを目的地まで運んでくれた。

窓の外に、岩見沢寧々が暮らす三階建てのマンションが見える。

咲太にとっては、昨日以来。

「ふたりは先に行って。お金は払っておくから」

郁実の言葉に送り出されて、咲太と拓海はドアが開くと急いで飛び出した。

マンションの階段を駆け上がる。

目指したのは二階。

部屋は201号室。

駆けつけた勢いそのままに、咲太はインターホンを押した。

部屋の中から、呼び出しのベルが響いてくる。

けれど、待っていても反応はない。

誰も出てこない。

ドアの向こうに、人の気配も感じられなかった。

「梓川、そこどいて」

ポケットに手を突っ込んでいた拓海が肩で咲太を押してくる。ドアの前を拓海に譲ると、その手には銀色の細長い金属が握られていた。ふたつの鍵がひとつのキーホルダーに繋がっている。そのうちのひとつを拓海は鍵穴に難なく差し込んだ。

「合鍵持ってたのか」

「そりゃあ、彼氏ですから」

「羨ましいな」

「言ってる場合か」

鍵を開けて、拓海がドアを開く。

「寧々、俺だけど、入っていいよな～？」

一応、断りを入れてから、拓海が寧々の部屋に足を踏み入れる。

あとから咲太も続いた。

見覚えのある玄関マットが出迎えてくれる。

だが、やはり、人の気配はない。

音がしない。

電気もついていなかった。

「寧々？　いないのか～？」

呼びかけながら、拓海がキッチンから部屋へと続くドアを開ける。

「は？　え？」

その瞬間、素っ頓狂な驚きが聞こえてきた。

ドアを開けたまま、部屋の入口に拓海は立ち尽くしている。信じられないという顔で、室内を観察していた。

クリスマスに染まった部屋のデコレーションに圧倒されているのだ。

咲太もはじめて見たときはさすがに驚いた。

だが、今は時間が惜しい。

「本人も、ミニスカサンタの格好してるから、会ってもビビるなよ」

事前に大事なことを伝えておく。

「それは、楽しみにしてる」

「その意気だ」

拓海とそんな会話を交わしながら、部屋の様子を伺う。脇に置かれた折り畳みのテーブルの上には、完成したブロックのロッジがあった。途中までは咲太が組み立てたもの。

「俺が前に来たときは、もちろん、こんな部屋じゃなかったのよ？」

机の上に置かれた小さなツリーを拓海が持ち上げる。

「トロフィーもここに飾ってあって」

一番の特等席に、拓海はミスコンのトロフィーを置いた。その際、コートの袖口が開かれたままのノートＰＣに当たった。モニターがわずかに揺れて、ノートＰＣが目を覚ます。ファンが小さな音で回り出し、画面には明かりが灯った。

「梓川、これ」

拓海が指を差したのはノートPCのディスプレイ。

映っていたのは、藤沢市が公式に運営するSNS。本日『桜島麻衣』が一日警察署長を務めるイベントに関する案内が載っている。

開催場所は辻堂にあるショッピングモールの屋外イベントスペース。前にスイートバレットがライブをやった場所。日時は今日、午後二時スタート。

「双葉の言ってた通りか」

「寧々のやつ、まさか本気で桜島さんに何かするつもりじゃないよな？」

「それがわからないから、捜すんだよ」

「じゃあ、もうイベント会場で張り込むしかないぞ？」

できればここで捕まえたかったが仕方がない。

飛行機が遅れなければと考えながら、部屋を出ようと咲太は玄関に向かった。キッチンの流し台にふと目が行く。水切りにマグカップがあった。しかも、まだ少し濡れている。

自然と咲太は、コンロの脇にある電気ケトルを見ていた。

蓋を開ける。

わずかに残ったお湯は湯気を立てていた。

「これって」

思わず、拓海と顔を見合わせていた。

「まだ、この辺にいるかもしれない」

咲太の言葉に拓海は「ああ」と力強く頷き、

「辻堂に行くなら、向かったのは駅だよな？」

と、聞いてくる。

「前に、元町に行ったときは車を借りた。そっちかも」

「駅前のカーシェアサービスか！」

拓海もぴんと来たらしい。

「確かに、寧々なら車かも！」

靴を履いて、急いで部屋を出る。

階段を駆け下りると、気づいた郁実が視線で「どうだった」と聞いてくる。けれど、咲太の目は、道の先の赤信号で止まっていた先ほどのタクシーに向いた。

「もう一度、乗せてください！」

両手を振って追いかける。

信号は青に変わった。

タクシーはウィンカーを出して、止まって待ってくれていた。

3

郁実への説明もそこそこに、再びタクシーに乗り込んだ咲太は、

「駅前の立体駐車場に行ってください」

と、運転手のおじさんに告げた。

走り出したタクシーは、来た道を戻る形で駅前を通過する。

「立体駐車場って、アレのことかな？」

後ろの咲太に尋ねるように、前方に見えてきた五、六階建ての建物をおじさんが指差す。

「そうです。そこの前で、止めてください」

咲太の指示通りに運転手のおじさんがゆっくりと車を止める。

「赤城、あとで払うから頼んだ」

「わかってる」

郁実の返事の途中で、咲太は拓海と外に出ていた。一緒に立体駐車場に駆け込むと、エレベーターのボタンを押して乗り込んだ。

最上階の屋上を目指して、エレベーターは上昇していく。

「元町行ったのって、俺の誕生日だよな？」

「プレゼント買うの付き合わされたんだよ」

「妬けちゃうね」

「今度は自分で行ってくれ」

「そうだな」

何かを決意するように拓海が呟く。その直後、到着のベルが鳴った。

外に出て見えたのは、屋上の駐車エリア。

カーシェアサービスの車が、四、五台並んでいる。

その中の一台のランプが一瞬だけ光った。

見覚えのあるコンパクトカー。あの日に寧々が借りたのと同じ車だ。

エンジンがかかり、駐車スペースからゆっくり動き出す。

運転席には、ミニスカサンタの衣装を着た岩見沢寧々の姿が見えた。

「いた！」

だが、車は駐車場から出て行こうとすでに走り出している。

一歩遅かった。間に合わなかった。

後ろ向きな言葉が頭を過った瞬間、咲太の隣から拓海が一気に駆け出した。

「寧々！」

名前を呼びながら、下の階に下りて行こうとする車を追いかける。

「寧々！」

何度も呼びながら、徐行する車に追いついて……ついには、追い越した。

「待ってくれ、寧々！」

止まらない車の前に、拓海が飛び出す。

両手を広げて立ち塞がった。

いくらなんでも無茶すぎる。

「馬鹿、福山！」

危険だと思ったら、叫んでいた。

衝突を覚悟して、わずかに視線を逸らした。

それと同時に、車のブレーキランプが赤く灯る。

ぶつかる寸前……残り数センチを残して車は止まった。

肝が冷える。勘弁してほしい。

そんな咲太の気など知りもせず、拓海は今なお両手を広げて車の前に立ち塞がっている。

「寧々、話を聞いてくれ」

運転席に向けて、何かを謝るように声をかけていた。

すると、車のドアがゆっくりと開く。

まずはミニスカサンタのブーツが見えた。脚が見えた。膝が見えた。その動きを拓海の目が追っている。

続けて、赤と白の衣装に包まれた体全体が姿を現した。それもまた拓海の目が追いかけている。間違いなく、見えている反応の仕方だった。

寧々の瞳は、そんな拓海の様子を、じっと観察していた。

バンっと音を立てて車のドアが閉められる。

その脇を通って、咲太が拓海の側まで行くと、寧々からは「また君？」という面倒くさそうな視線を向けられた。

けれど、それはほんと一瞬のこと。

寧々の視線はすぐに拓海へと戻される。

「驚いた。君にも、わたしが見えてるんだ」

「君じゃなくて、俺だよ！　拓海だ！」

「誰？」

無感動な寧々の表情。

その態度に、拓海の頬が引きつる。瞳は驚き、困惑していた。状況は咲太が事前に伝えた通り。心の準備はしていたはず。だが、いざ目の当たりにすると、心に来るものはある。衝撃は受ける。もしかしたら、自分のことは覚えているかもしれない。そんな甘い考えが多少なりと頭にはあったはずだ。期待があったはず。だが、裏切られた。

「……ほんとにわからないんだな」

寧々を見る拓海の目は、寂しそうだ。

「君の知り合いは何を言っているの？」

助けを求めるように、寧々が横目に咲太を映す。

「彼は福山拓海です。岩見沢寧々さんの恋人の」

「君たちの話は、なにひとつわからないんだけど？　彼のことは知らないし」

その目は拓海を見ている。

「それと、何度も言うけど岩見沢寧々って誰？　私は、霧島透子よ」

態度と言葉に付け入る隙はない。

本人が「違う」、「知らない」という話を、どう受け入れてもらえばいいのだろうか。

咲太にとってもはじめてのケースで、拓海にも、寧々にも、かける言葉が思いつかなかった。

そんな中、最初に口を開いたのは拓海だった。

「……わかったよ」

そう絞り出す。一体、何がわかったというのだろうか。

「寧々がそう言うなら、そうなんだろうな。信じるよ」

俯きかけた顔を拓海が上げる。真っ直ぐに寧々の目を見ていた。拓海を拓海として認識してくれない寧々の瞳から逃げずに向き合っていた。

「……」

その拓海の意外な態度に、寧々は少なからず戸惑っているように見えた。

「ちょっとでいいから、俺に時間をくれない？」

いつもの調子で拓海が話しかける。

「あまり時間ないんだけど」

それでも、寧々はダメとは言わなかった。

「あんがと」

肯定と受け取った拓海が小さくお礼の言葉を口にする。そのあとで、首に巻いていたマフラーの尻尾に触れた。

「このマフラー、寧々がくれたものなんだよ。付き合ってからはじめての誕生日に」

「ぼろぼろだけど？」

「今年で五度目の冬だからなあ」

「物持ちがいいんだ」

会話は成立している。だが、温度は随分違っている。気持ちを込めて語りかける拓海に対して、寧々の反応はあくまで淡白だ。

「俺にとっては、寧々からもらった大事なものなんだよ。なんかお守りみたいに思ってるから手放せなくて。受験のときもこれ巻いていったし」

「ご利益はあった？」

「現役のときは失敗した。一年浪人して挑んだ二度目も失敗した」

苦い思い出を苦い笑顔で拓海は語っている。

「そしたら、寧々のやつ縁起が悪いから、もう捨てろって言い出してさ。付き合ってはじめて大喧嘩になった」

「そう」

「っていう、思い出話も、やっぱりわからないんだな」

「だって、それは君の彼女の話でしょ？」

拓海を見据える寧々の表情は動かない。感情が動かない。

「受験でこっち来てた数日間、寧々の部屋に泊めてもらったことも？」

「わからない」

「朝起きたら、勝手にマフラーを寧々がゴミ箱に捨ててたことも？」

「わからない」

「俺がゴミ箱から引っ張り出したら、また喧嘩になったことも？」

「わからない」

何度伝えても、何を伝えても、音声メッセージのように寧々は同じ言葉を無感動に繰り返すだけ。わからない。わからない。わからない。頬にも、眉にも、岩見沢寧々の感情は現れない。

彼女の中に、岩見沢寧々はいない。それを痛感させられる。恐らく拓海が一番強く感じていたはず。それでも、拓海は話しかけるのをやめなかった。

「三度目の受験のときも、寧々に黙ってマフラーをしていったこともわからないんだな」

「その結果は？」

「合格したよ」

「おめでとう」

それは、咲太がこれまでに聞いてきた中で、もっと無感動な祝福。

拓海の口元が歪む。こんな状況にいる自分を失笑している。

「梓川に聞いたよ」

「何を？」

「新しいマフラー買ってくれたって」

「わたしは知らない」

「空港まで渡しに来てくれたのに、気づけなくてごめん」

「……」

「だから、俺のことわからなくていいよ。寧々のこと、一年近くも忘れてたんだもんな。俺も忘れられて当然だと思う」

「……」

「けど、もう忘れない。寧々が俺のことわかってくれるまで諦めない。何年かかっても」

「それで？」

真っ直ぐ自分を見つめる拓海に、寧々が疑問を返す。

最初から何も変わらない無感動な表情。

「え？」

思わず、拓海が聞き返した気持ちもわかる。

「さっきからこれは何の話？」

寧々が退屈そうにスマホを確認する。

「悪いけど、もう時間だから」

体は車の方を向いた。

「簡単な話だよ」

呼び止めようとする拓海に構わず、寧々がドアに手をかける。

「俺、福山拓海は、岩見沢寧々が好きだって話だ」

車のドアを開けたところで、寧々の動きは止まった。

「一年近くも忘れてたから、俺ってもう寧々に振られてるのかな？　だったら、もう一度、付き合ってください」

「……」

寧々の返事はない。

ドアを摑んだままの姿勢で固まっている。

「まだ振られてないんなら、これからも付き合ってくれませんか？」

「……」

最初の反応は沈黙。

「……」

次は、無言で拓海を見た。

その唇が小さく動く。

「なんで……」

消えそうな囁き。

「なんで……」

二度目は、もう少しはっきりした声。でも、まだ小さい。

「寧々のことが好きだから」

ゆっくり、そして、静かに、あたたかい口調で拓海は想いを言葉にする。自分自身で、その想いを確認しているかのような言い方だった。

「嘘、言わないで……」

俯いた寧々の声は、震えているように聞こえた。

「嘘じゃない」

「そんなわけないじゃない……！」

今度は間違いなく震えていた。声が、肩が……そして、たぶん心も。

「ほんとだよ！」

必死に拓海が食い下がる。

「こんなみっともない！　私のどこが好きだって言えるのよ！」

突然、寧々の口から吐き出されたのは苛烈な感情だった。

深い嘆きの声が、屋上に響き渡る。

胸の奥を鷲摑みにされるような慟哭だった。

「自信満々で上京してきて！　でも、仕事は全然増えなくて！　事務所に所属しているだけの名ばかりのモデルで！」

「……」

真っ直ぐに感情をぶつけられた拓海は、今なお言葉を失っている。

咲太も同じだった。

寧々を包む暗澹たる空気に、上から押さえつけられているような気分だった。

先ほどまでとは、別人に見えた。

同じ顔だけど、見たことのない顔をミニスカサンタはしていた。

「私ならできると思ってた！　何かになれると思ってた……！　でも、見てよ。結局はこの有様。負け犬の私がなれたのは、せいぜい霧島透子のまがいもの……！」

「……寧々、なんだな？」

拓海がようやくその名を呼んだ。

「寧々！」

もう一度呼ぶと、寧々は薄く笑って顔を上げる。

「私のこと笑ってよ……。何者でもなかった私を笑って！」

「笑えるわけないだろ！」

拓海の声には真剣な怒りがあった。もちろん、寧々に対する怒りではない。何もできなかった自分と、ここまで寧々を追い詰めた何かに対する苛立ちだ。

「……これ以上、構わないで」

「寧々を笑ってるやつらの方が笑えるよ。そうだろ？」

「ごめん、拓海。岩見沢寧々には何もない。霧島透子になるしか、私にはないの」

「俺は寧々を好きになったんだ。寧々のままの寧々を！」

「私のままの私ってなに⁉」

「……」

突然の質問に、拓海が一瞬躊躇う。

「そんな立派な自分らしさがわかってたら苦労しない！」

「でも！」

感情だけで拓海が食い下がろうとする。

その拓海を睨みつけた寧々は、

「それでも、私は人より恵まれてるって思いたい！　どんなにみっともなくても、何者かであるって思いたいの！」

と、吐き捨てた。

「……」

今度こそ、拓海が言葉を失う。

重い、どこまでも重い沈黙。

けれど、さほど長くは続かなかった。

咲太が口を挟んだから。

「ちゃんとわかってるじゃないですか」

「……」

寧々の鋭い視線が咲太を捉える。

「自分のこと、わかってるじゃないですか」

「……」

「今のが岩見沢寧々さんらしさですよ。何者かになりたいなら、これから勝手になればいい。アナウンサーでもなんでも」

「言いたいことはそれだけ？」

冷たい瞳が咲太を見ている。

「いえ、まだあります」

「……」

寧々が眉根を寄せる。その目は、「この雰囲気の中でよくそれが言えるわね」と語っている。それに気づかないふりをして、咲太は話を続けた。

「さっき言ってた『自分には何もない』っていうのは、さすがに思い上がりなんじゃないですか？」

咲太の言葉に、隣にいる拓海も戸惑っている様子だった。

「……何が言いたいの？」

寧々からは露骨に苛立ちの感情をぶつけられた。

思い上がりとまで言われたら、だいたい人はこうなる。

「岩見沢さんには、福山がいるじゃないですか」

寧々の目を見て、咲太は語りかけた。

「自分を大切に想ってくれる自分の大切な人がいるじゃないですか」

咲太は最後まで目を逸らさなかった。

寧々も目を逸らさなかった。

「……」

咲太の言葉を否定してもこない。文句を言ってもこない。ただ聞いていた。

「そういう人を負け犬なんて言わないでしょ。愛されてるんですから」

「……言いたいのはそれで全部？」

「はい」

咲太がはっきり答えると、寧々は少し俯いて肩を震わせていた。怒りを堪えているわけではない。込み上げる笑いを堪えていた。でも、結局堪え切れずに、寧々は笑い声を上げた。

「その顔で、それ言う？　愛されてるって」

手を叩き、お腹を押さえて寧々が笑い続ける。おかしなツボに入ったらしい。

それを前にして、拓海は困ったような作り笑いを浮かべていた。

「君に言われるのは、はっきり言って癪だけど」

ようやく、笑いが止まった寧々が咲太を鼻で笑う。

「確かに、梓川に言われるのは癪だな」

拓海は苦々しい顔をしていた。

「でも、そうね。そういう考え方ができれば、人生ってもう少し楽しいのかもしれない」

誰に聞かせるわけでもない。自分の気持ちと向き合うように、寧々は静かに呟く。

「だから、とりあえず、今は拓海で我慢する」

それも殆ど独り言だった。

だけど、咲太の耳にも聞こえた。

もちろん、拓海の耳にも届いた。

「よかった〜」

心底安心した様子で、拓海がその場にしゃがみ込む。

「ほら、立って」

拓海の前に進み出た寧々が両手を差し出す。そこに、拓海が手を重ねると、寧々が引っ張り上げていた。

「上手くいったんだ？」

気が付くと、咲太の隣には郁実がいた。

「赤城にも見えるのか？」

「見えるよ。笑ってるミニスカートのサンタクロースが」

「じゃあ、これで一件落着だな」

その言葉に、心は思いのほか安堵した。これで麻衣の危険は回避されたはず。そのために北海道まで行った苦労は報われた。めでたしめでたし。

そう思ったのもつかの間、

「待って」

と、寧々が真剣な顔で振り向いた。

「たぶん、まだ終わりじゃない」

「それって、どういう？」

霧島透子を名乗っていた岩見沢寧々の問題は、たった今、解決した。

これ以上、何があるというのだろうか。

「ひとりじゃないのよ」

「え？」

「霧島透子は私の他にもいる」

寧々が口にしたのは、予想外の言葉。

言葉としては理解できる。

だが、何を言われたのか、すぐには理解ができない。心が納得しない。

それでも、咲太の思考に迷いはなかった。

まだ霧島透子がいる。

それは、麻衣の危険が現在も継続しているということ。

そう理解したときには、咲太はエレベーターの方へ駆け出していた。

「梓川、急になに⁉」

後ろで拓海が叫ぶ。

「悪い、急ぎだ！」

返事は振り向かずにした。

「どこ行くのよ！」

「麻衣さんのとこ！」

「だったら乗れ！　送ってく！」

足が止まる。

後ろを向くと、寧々が運転席に乗り込んでいるのが見えた。拓海は助手席に体の半分を突っ込んでいる。

「助かる！」

すぐさま引き返して、後部座席のドアを開けた。

「赤城も来てくれ」

車の反対側で躊躇っていた郁実にそう声をかけながら車に乗り込む。わずかに遅れて、郁実も乗ってくる。ドアを閉めたのはほぼ同じタイミング。シートベルトの金具をはめたときには、車は走り出していた。

「辻堂でいいんだよね？」

「はい」

ナビはすでに目的地までの道案内を開始していた。

4

藤沢駅のひとつ隣……辻堂駅前に車が差し掛かると、車内からでもわかるほど、大勢の人の気配を外に感じた。

「さすが、すごい人気」

ハンドルを握る寧々が自嘲気味に笑う。

「ぎりぎり間に合ったかな？」

そう呟いたのは拓海だ。

車内の時計は、午後一時五十五分を示している。

「私と拓海は駐車場探すから、ここで降りて」

寧々が車をバス停の凹みに一時的に停める。

「ありがとうございます」

お礼を言って、咲太は郁実と一緒に先に車を降りた。

目指すべきショッピングモールは道路の反対側。まずは向こう側に渡る必要がある。

横断歩道は近くにない。無理に渡るには交通量が多すぎる。だから、咲太は迷うことなく、駅とショッピングモールを繋ぐ立体歩道の階段を駆け上がった。歩道橋の役割を果たすとともに、ショッピングモールの二階の入口まで歩いていける連絡通路にもなっている便利な立体歩道だ。

駅の改札の方からは、多くの人が流れてきていた。家族連れにカップル、女子高生のふたり組……客層は様々だ。そうした中からは、「今日、桜島麻衣が来るんだって」という声も聞こえた。

人と人の間をすり抜けるようにして、先を急ぐ。郁実も後ろからついてくる。

すでに『一日警察署長』のイベントはスタートしているらしく、近づくにつれてスピーカーを通した女性のアナウンスがはっきりと聞こえてきた。

「どうぞ、周りの方とは譲り合ってご観覧ください。また、写真、動画の撮影はご遠慮いただいています。お見かけした場合は、巡回の警察官がお声掛けさせていただきます」

さすが、警察のイベントというアナウンスだ。警備しているのは、本物の警察官。こんなに安全なイベントもないだろう。

そんなことを思っているうちに道路を渡り切った咲太と郁実は、駅の北口に出た。ショッピングモールの大きな建物がふたりを出迎える。

その入口に繋がる立体歩道の上では、多くの人が足を止めていた。

立体歩道の縁……欄干に隙間なく人が並んでいる。

誰もが身を乗り出すようにして、下を見ていた。

お目当ては、ショッピングモールとロータリーの間のちょっとした広場に設けられたイベントステージ。その前には、大勢の人が集まっている。数百人では利かない。千人はいるだろうか。立体歩道の上も合わせると、その倍近い人数になりそうだ。

「ほんと、さすがの人気だね」

人と人の隙間から下を見ていた郁実が囁いてくる。

その声は、咲太の耳に届いていた。だが、このとき、咲太は反応できなかった。

咲太はステージ前の人だかりに目を奪われていた。意識を持っていかれていた。

信じられないものが、咲太には見えていたから。

人だかりの中に、ぽつぽつと赤い帽子を被った人たちがいる。

五人や六人ではない。十人や二十人でもない。もっといる。

「なんだ、これ」

感情がそのまま言葉になる。

「梓川君？　大丈夫？」

異変を感じたのか、郁実が咲太の肩に触れる。

「赤城には見えないのか？」

「見えないって？」

「ステージの前、サンタクロースがいっぱいいるだろ？」

「え？　どこ？」

その反応と発言こそが、見えていない証(あかし)になった。

「あそこにも、あそこにも、あっちにも、そこにもいる」

普通の観客の中に、当然の顔をして並んでいる。ステージの最前列に五、六人。その後ろの人だかりの中にも、また五、六人。そして、その後ろにもまた十人……。

顔を上げると、立体歩道の上にも、ちらほらサンタクロースの格好をした若者がいた。男性もいれば、女性もいる。年齢は二十前後が多いだろうか。

特におかしな行動を取っているわけではない。

ただ、じっとステージの方を見ている。

興味を持って見ていた。

それはまさしく異様な光景だった。異常な光景だった。

「そんなにたくさんいるの？」

正確な数はわからない。

「たぶん、百人はいる」

「……」

郁実が驚きに目を見開く。

改めて周囲を見ていたが、自分には見えないことに戸惑っていた。

「まさか、その全員が⁉」

郁実の驚きにアナウンスが重なってくる。

「皆さん、お待たせいたしました。まもなく、こちらに到着すると連絡がありました」

ステージに立つ進行役の女性警察官がそう告げる。会場の期待が高まる。

「あ、いらっしゃいましたね」

彼女が見ていたのは、ステージから見て右側のロータリー。そこに、黒い車に先導されたパトカーが入ってきた。広場に横づけするように停車する。

ひとりの男性警察官が駆け寄り、パトカーの後部座席のドアを開けた。

出てきたのは、制服姿の女性警察官……『一日警察署長』のタスキをかけた『桜島麻衣』だった。

自然と大きな拍手が沸き起こる。

麻衣は笑顔を見せながら、先行する警察官に続いてステージに上がった。

「ご紹介はもはや不要かと思います。本日、一日警察署長を務めていただきます、女優の桜島麻衣さんです」

より一層、大きな拍手で集まった人々が麻衣を歓迎する。サンタクロースたちも一般客と同じように手を叩いていた。やはり、おかしな行動は見受けられない。それが逆に、恐ろしいものに見えてくる。咲太の焦りは募るばかりだった。何が起こるかわからない。何ができるかもわからない。相手は百人ものサンタクロースだ。

口の中がカラカラに乾いていく。喉が渇いていく。

「それでは、『桜島署長』に、ご挨拶をいただいてもよろしいでしょうか？」

「はい！」

綺麗な声で返事をした麻衣がステージ中央に歩み出る。スタンドマイクの前に立つと、小さく深呼吸をしてから挨拶の言葉を述べはじめた。

「この度、交通安全の今一度の周知のため、一日警察署長を務めさせていただくことになりました桜島麻衣です」

麻衣が話し出すと、集まった人たちは静かにその言葉に耳を傾けた。サンタクロースたちも大人しく話を聞いている。

「昨年、私自身も運転免許を取得したことで、ひとりひとりの道路交通の安全意識、そして、事故防止の重要性を強く感じています」

「下に下りよう」

小さな声で郁実に告げて、咲太は下りのエスカレーターに乗った。何が起こるにしても、ここにいては何もできない。麻衣の側にいなければ、麻衣を守れない。そう思った。

「今日のこの機会を、日ごろ忘れてしまいがちな、当たり前の交通ルールの大切さを、改めて考え直す切っ掛けにしていただければ大変光栄に思います」

ステージの裏手を流れるエスカレーターで、立体歩道から一階の地上に下りる。

そのときにはもう、目の前の景色は見過ごせないものに変わっていた。

集まった観客たちが、もっと近くで麻衣の姿を見ようと、少しずつ前に詰めようとしているせいだ。サンタクロースが見えない人にとっては、そこが隙間になっているように見えているせいだった。「前詰めろ」、「詰めろ」と、後ろからどんどん人が前に出ようとしている。

一般客とサンタクロースが密集したステージ前は、今にも決壊しそうだった。後ろから押された最前列のサンタクロースが、金属製の柵をステージ側に押し込んだ。

ギギッと地面を擦り、柵がステージの方にじわじわとずれていく。

けれど、正面に立つ警備の警察官はそれでも異変に気づかない。

ようやく気づいたひとりの警察官が、「ストップ」とばかりに手のひらを客席に向ける。緊迫感はまるでない。それも仕方がないことだった。サンタクロースが見えていなければ、客席にはまだまだ隙間がある。危ないと感じる要素は何もない。だが、咲太の目に映る光景には、もはや一刻の猶予もなかった。

「また、事故のない社会を作る努力はとても大切ですが、不幸にも事故に遭ってしまった際、助けを必要としている誰かのドナーとなれる道があることについても、皆さんと考えていきたいと思っています」

もう決壊する。それ以外の未来を想像できない。

「この言葉をもちまして、私からの挨拶とさせていただきます」

拍手が起こる。

観客たちのその行動が、最悪な事態への合図になった。

「やめろっ、押すな！」

誰かが緊迫した声で叫んだ。

直後、がしゃんと大きな音がする。ステージと観客を隔てていた柵が倒れたのだ。そこから、一般客がステージの方へ溢れ出す。サンタクロースたちも溢れ出した。その数は合わせて、三、四十人。押された勢いは止まらず、転びながら、躓きながら、ステージに雪崩れ込もうとしている。

「麻衣さん！」

叫びながら咲太はステージに駆け込んでいた。

麻衣と目が合う。

疑問と不安の顔。

押し出されたサンタクロースが、ステージの脇に置かれた大型のスピーカーに転がるようにぶつかった。

その勢いで、スピーカーが麻衣の方へと倒れていく。

何を叫んだかは自分でもわからない。

何かを叫びながら、咲太はありったけの力で走り、麻衣の前に飛び出した。

勢いよく倒れてくる大型のスピーカーを両手で受け止める。

受け止めきれず、勢いを残したまま頭部を直撃した。

「咲太！」

ガシャンと大きな音がする。

自分がどうなったのか、すぐにはわからなかった。

目を開いて最初に見えたのは、添い寝するようにして倒れたスピーカー。

その向こう側に、驚いた顔をする大勢の一般客がいた。口を開けて立ち尽くしている。同じように立ち尽くす大勢のサンタクロースがいた。

頭はまともに働いていなかった。

だから、考えてそうしようと思ったわけではない。

ただ、咲太は何事もなかったかのように立ち上がった。

「大丈夫です。皆さん、落ち着いてください」

集まった一般客に向けて、そう言っていた。

「大丈夫です」

集まったサンタクロースたちに向けて、そう言っていた。

会場は静まり返ったままだった。

みんな咲太を見ていた。

サンタクロースたちも咲太を見ていた。

今にも悲鳴を上げそうな顔をして、誰もが咲太を見ていた。

遅れて、体の感覚が戻ってくる。

顔の半分に、なんだか濡れているような不快感があった。

疑問に思いながら手で拭くと、手のひらは真っ赤に染まっていた。

「咲太、動かないで」

麻衣の心配する声がする。

それに、「大丈夫」と答えようとして横を向いたら、唐突に頭がぐらついた。頭の中がぐらついた。視界が揺れている。それを自覚したときには、ぺたんと尻餅をついていた。

そのまま、座っていることもできず、咲太は硬くて冷たい地面に倒れていく。

けれども、地面の硬さも、冷たさも、咲太が感じることはなかった。

ふわっとやわらかいものが咲太を抱き留めた。

倒れる前に、麻衣が咲太を抱き留めてくれた。

それに安堵したのか、咲太の意識は一気に遠のいていく。

「救急車をお願います！」

一日警察署長らしい凛とした麻衣の指示は、咲太にはもう聞こえていなかった。

「なんで、サンタがこんなに……」

「今日って、サンタのイベント？」

「サンタがいっぱい……なにこれ？」

俄かにざわつきはじめた会場の声も、咲太には聞こえていなかった。

5

意識が戻ったとき、最初に感じたのは体の揺れだった。

走る車の揺れ。

それとサイレンが聞こえる。

いくら待っても近づいてこないし、遠ざかってもいかないサイレン。

ゆっくりと目を開ける。

見えたのはこぢんまりした見慣れない空間。

天井も、壁も近い。

「気づいたみたいです」

そう、誰かが誰かに話しかけた声には聞き覚えがあった。

咲太が寝かされたベッドの脇に座っているのは理央だ。

「たぶん、脳震盪だと思います。大事はないように見えますが、頭なので病院に着いたら詳しく検査してもらった方がいいですね」

症状を解説しながら、てきぱきと咲太の瞳孔をチェックし、脈を計っているのは救急救命士の男性。年齢は三十代前半だろう。

その姿を見て、咲太は自分が救急車で運ばれていることを明確に理解した。

「なんで、双葉がいるんだ？」

最初に思ったのはそんなこと。

「私も一日警察署長のイベントは見に行くって、昨日言わなかった？」

「ああ、そういや聞いたな」

今さらのように、自分が救急車で運ばれている理由についても思い出した。

「麻衣さんは？」

「大丈夫。無事だから」

教えてくれたのは、理央の隣に座っていた郁実だ。

「なんか、変な組み合わせだな」

「だったら、もうひとりいるよ」

理央の視線が向かったのは前方。救急車の運転席。

「咲太、あんまひやひやさせるなよ？」

寝ている咲太からは見えないが、声としゃべり方で誰かはわかる。高校からの友人、国見佑真だ。

現在は、消防署に務めている。

「まさか、こんなに早く国見の世話になるとは思わなかった」

「二度目はなしにしてくれ」

笑ってはいるが、言っていることは本気という雰囲気だ。

「気を付ける」

「頼むぞ、ほんと」

一度停まった車がウィンカーを出して右に曲がる。

「サンタクロースたちはどうなった？」

まず郁実を見て、それから理央を見た。

「警察の方で、ひとりずつ事情聴取するみたい」

答えたのは理央だ。

「桜島さんは、その辺のこと警察に少し聞いてから、病院に来るって」

郁実がそう補足してくれる。

「そっか。今日は警察署長だしな」

「もうすぐ着きます。降車準備」

佑真の頼もしい声を響かせながら、救急車は病院に到着した。

病院では真っ先に診察室に連れて行かれ、頭部の傷の縫合を受けた。それが終わると改めて意識の確認。吐き気や眩暈はないか。手足のしびれはないか。そんなことをひとつずつ丁寧に聞かれた。

「大丈夫そうです」

「ちゃんと真っ直ぐ歩けているし。念のためCTで頭の中も検査しておきましょう」

「はい、お願いします」

「では、こちらにどうぞ」

看護師のお姉さんに案内されて連れていかれたのは、診察室からだいぶ離れた病院の奥の方。タイムトラベルでもできそうな機械が置かれたCT検査室だった。

ブーンという謎の音が静かに響く部屋の冷たいベッドにひとり寝かされ、別室から医師の指示に従ってひたすら待機する。何が行われているのかわからないまま、ものの数分で検査は終わった。

「結果が出るまで、待合室でお待ちください」

先ほどの看護師のお姉さんにそう言われて、検査室から送り出される。

通ってきた廊下を今度はひとりで戻ることになった。

迷子にならないように、きょろきょろしながら歩いて、待合室にたどり着く。すると、そこには知った顔が増えていた。

「お、梓川、大丈夫なのか？」

最初に気づいてそう聞いてきたのは拓海だ。

「あまり、大丈夫そうには見えないけど？」

隣にいる寧々の視線は、咲太の頭部に向いている。大げさに巻かれた包帯を見ているのだ。

「詳しい結果はこのあと聞くけど、ＣＴ撮ってくれた先生は『まあ、大丈夫でしょう』って言ってたよ」

言われたままを説明していると、寧々の服装に目が留まる。辻堂駅の前で別れたあとに着替えたのか、ミニスカサンタではなくなっていた。

さすがにあの姿のまま、街をうろつくわけにはいかない。もう、誰にでも見えているのだから。

「無事なら、邪魔になるし、帰るね」

寧々がそう言って拓海を促す。

「え？　来たばっかりなのに？」

「ここ病院なんだから」

問答無用という態度で寧々が歩き出す。

「まぁ、そうだな。じゃあ、梓川、また大学で」

「おう」

軽く手をあげて拓海と寧々を見送る。

ふたりの姿は廊下の角を曲がってすぐに見えなくなった。

「私も行くね。このあと、塾で授業する予定あるから」

話しかけてきたのは理央だ。

「ああ、悪い。助かったよ。そういや、国見は？」

「次の現場に呼ばれて、とっくに出て行った」

それだけ告げて、理央は立ち去っていく。

残ったのは咲太と郁実だけ。

「赤城も、これ以上は付き合わなくていいぞ」

「ひとりで平気？」

「平気じゃないか？　妹、来たし」

廊下の角で理央と花楓が鉢合わせている。理央に「あっち」と教えてもらっていた。

その花楓と遠巻きに目が合う。すると、半分怒ったような顔をして、足早に咲太の側までやってきた。

「もう、お兄ちゃん、なにやってんの」

不満を溜め込んだ唇は、への字に曲がっている。

「心配かけて悪かった」

素直に謝っておく。

「ほんとだよ、もう」

だが、花楓の不満は収まらない。

「とりあえず、問題なさそうだから、安心してくれ」

「病院に運ばれてる時点で、問題大ありだから」

花楓の正論に、郁実は背中を向けて笑いを堪えていた。

CT検査の詳しい結果を聞くために、咲太が診察室に呼ばれたのはそれから約十分後。そのタイミングで、郁実は「本当に大丈夫そうだね」と言って、逆に気を遣わせないように帰っていった。

検査の結果は「一緒に聞きたい」という花楓も同席させて聞いた。

「どこも異常はありません」

という、簡単な話だった。

「もう帰っていいですよ」

とも言われた。

どこか拍子抜けした気持ちで診察室を出た咲太だったが、外に出るとふたりの警察官が待っていた。

理由はわかる。

今日の出来事について話を聞きに来たのだ。

話を聞かれたのは約三十分間。

他の患者や医療スタッフの邪魔にならないよう、自販機と簡易的なソファが置かれた休憩スペースに移動して行われた。

要点をまとめると、「観客が溢れ出して、麻衣さんが危ないと思い、とっさに飛び出した」という程度の話しかできなかったのだが……。

質問自体は、今日の咲太の足取りから、イベントスペースへの到着時刻、『桜島麻衣』の交際相手であることなど……いろんな角度から色々なことを聞かれた。

警察官のひとりは咲太の文言を時折メモしていたが、調書に残すような言葉があったかは、正直、咲太にはわからない。

むしろ、咲太の方があの『サンタクロースたち』が何だったのかを知りたいくらいだ。

だから、話の最後に、

「あのサンタクロースの人たちって、なんだったんですか？」

と、咲太の方から警察官に質問した。

ふたりは顔を見合わせ、困った顔をする。

「今、それを調べているんだ。ケガをしている中、ご協力感謝します」

ぺこりと軽く頭を下げて、ふたりの警察官は帰っていった。

窓の外を見るとすでに空は暗い。休憩スペースの時計は午後五時半になろうとしている。北海道から帰ってきたのが今朝。なんとも長い一日だ。

「お兄ちゃん、終わったの？」

少し離れて待っていた花楓が、恐る恐る声をかけてくる。

別に悪いことをしたわけではないが、兄が警察官にみっちり話を聞かれるというのは、妹として心配だったようだ。

「終わった。何の問題もない。まあ、警察に事情を聞かれている時点で問題かもしれないけど」

「ほんと、そうだから」

「あ、いた！　咲太先生！」

そこに、背後から病院に似つかわしくない明るい女子の声がする。

聞き覚えのある声。咲太を「咲太先生」と呼ぶ相手は限られている。

「なんで、姫路さんがいるんだ？」

「もちろん、咲太先生のお見舞いです」

「もう帰るところだったけど……なんで知ってるんだ？」

「それは朋絵先輩に聞いて」

言いながら紗良が廊下の方を振り返る。

視線の先には、居心地悪そうにした朋絵がいた。

「古賀はなんで？」

「花楓ちゃんに話を聞いたの。それを姫路さんに話したら、休憩時間に病院に行くって言い出したから」

「なるほど」

よく見ると、ふたりともコートの下はウェイトレスの制服を着ている。

「お兄ちゃん、朋絵さんに感謝してよ？　私、バイトだったの、急に替わってもらったんだから」

「どーせ、暇してましたから」

咲太が何かを言う前に、朋絵が頬を膨らませる。

「そりゃあ、迷惑かけたな」

「先生、大丈夫なんですか？」

「大丈夫だよ。てか、古賀と姫路さんこそ、時間は大丈夫か？　休憩って一時間だろ？」

このあとは、ディナータイムに突入する。ファミレスが最も忙しい時間帯。ウェイトレスのふたりが戻らないとフロアは回らなくなる。

「あ、やばっ！　姫路さん、急いで戻るよ」

「えー、もうですか？」

「顔を見るだけでいいって言ってたでしょ」

「それは朋絵先輩が言ったやつです」

「あたしが言ったのは、それくらいしか時間ないよって話。先輩、違うから！」

びしっと強気に言い切って、粘ろうとする紗良を朋絵が引っ張っていく。

なんとも頼もしい姿だ。

そんなふたりを咲太は微笑ましく見送った。

「んじゃ、僕らも帰るか」

「あ、待って」

何かに気づいた花楓がコートのポケットに手を突っ込む。取り出したのはスマホだ。画面を確認すると、顔を上げて咲太を見てきた。

「麻衣さん、今、車でこっちに向かってるって」

「なら、ここで待ってた方がいいか」

「じゃあ、私は帰るね。横浜の家に戻って、お父さんとお母さんに、大丈夫って伝えに行くから」

「何から何まで悪いな。心配ないって言っておいてくれ」

「ちゃんとあとで、お兄ちゃんも連絡入れてよ」

「わかってる」

「じゃあね」

スマホをポケットに戻した花楓が帰っていく。

その後ろ姿もまた、咲太は微笑ましく見送った。

麻衣が病院にやってきたのは、花楓と別れて約二十分後。

病院のロビーで待っていると、私服に着替えた麻衣が入ってきた。

「傷、痛む？」

視線は頭部に向かう。

「だいぶ、よくなった」

「顔、真っ赤になってて、びっくりしたんだから」

「麻衣さんが抱き留めてくれたから。地面にまで頭を打たずに済んでよかった」

「守ってあげるって言ったでしょ？」

そんな話をしながら病院の入口に向けて歩き出す。

「警察の制服着た麻衣さん、かっこよかったなぁ」

私服姿を少しだけ恨めしそうに見つめる。どうせなら、あの格好のまま来てほしかった。

「冗談が言えるなら、もう大丈夫ね」

病院の入口では、ＣＴでお世話になった看護師のお姉さんとすれ違った。「あ、お大事に」、

「お世話になりました」と挨拶をして、外に出る。

麻衣と警察官の制服についてもう少し語りたかったが、今日はやめておいた。他にも聞いておきたいことがある。

「サンタのことは何かわかった？」

駐車場の方に歩きながら、一番気になることを尋ねる。

「まだ警察も事情聴取が全部終わったわけじゃないから、何とも言えないみたい」

「そっか」

「ただ、あの場で職務質問をかけた何十人かは、みんな同じことを言ってたそうよ」

「同じこと？」

「自分を霧島透子だと思ってたって」

「……」

思わず、言葉を失う。自然と立ち止まっていた。麻衣からもたらされた情報は、それだけ衝撃的なものだ。

簡単には信じられないような話。

だが、サンタクロースたちをあの場で目撃した咲太にとっては、信じるしかない話。

寧々に起きたことを知っている咲太には、受け入れるしかない話だった。

「みんな、私が『霧島透子かもしれない』っていう噂を気にして、今日はあの場に来たみたい。別に、私に何かをしようと思っていたわけではなくて」

「示し合わせたわけでもなくて？」

「ええ」

つまり、寧々もそのうちのひとりだった。

そういう話になるのだろうか。

事実、寧々もまた、イベント会場に行くことが目的で、別に何かをしようとしていたわけではないと語っていた。

詳しいことはわからない。

ここで考えて理解できるような話でもない気がしてきた。

今、わかっていることはひとつだけ。

とても大事な事実がひとつある。

「とにかく、麻衣さんが無事でよかった」

その事実が何よりもうれしい。

「それは、私の台詞でしょ」

「まあ、お互い様じゃないかな?」

「あ、そうだ。のどかが言いたいことあるって言ってたわよ」

「僕は特にないけど」

後ろ向きな咲太に、麻衣がスマホを手渡してくる。すでに、のどかの番号に発信されていた。

仕方なく耳に当てると、

「お姉ちゃん?」

と、のどかの弾んだ声がした。

「僕だけど」

「お姉ちゃんに心配かけんな」

すぐさま文句が飛んでくる。

「豊浜は心配してくれなかったのか?」

「もう心配したよ、お兄さん」

返ってきたのは別の声。咲太を「お兄さん」と呼ぶのは卯月だ。

「心配で、心配で、ライブ前におにぎり三つしか食べられなかったんだから」

「三つ食べれば十分だろ、づっきー」

しかも、電話口でもぐもぐ言っているので、今も何かを食べているはず。

「とりあえず、お姉ちゃんを守ってくれてありがと」

またのどかに代わったかと思うと、電話はぶつっと切れてしまう。

不通になったスマホをしばし見つめる。

「今日はなんなんだろうな」

独り言のように呟きながら、麻衣にスマホを返した。

「何のこと?」

「なんか、やたらと知り合いに会ったから」

拓海や寧々、郁実にはじまり、理央、佑真、朋絵に紗良まで。花楓もいて、今はのどかと卯月と短いながらも電話で話をした。そして、隣には麻衣がいる。

「ケガは災難だったけど、みんなに会えたいい日だったのかもね」

麻衣にそう言われるとそんな気もしてくる。納得感のある言葉だった。

「確かに、いい日だったのかもしれない」

そう思いながら、咲太は隣を歩く麻衣と自然に手を繋いだ。

終章 The day before

三月三十一日。金曜日。

『まもなく合格発表です』と表示された大型の電光掲示板の前には、二百人を超える人が集まっていた。

年齢は二十歳前後の若者が多数を占める。三十代、四十代と年齢が上がるごとに人数は減っている印象だ。

そうした人だかりの後ろの方に立ち、咲太も電光掲示板を見上げていた。

結果を待つ間の何もできない時間がもどかしい。

早く合否を教えてほしい。

足元からそわそわした気分が這い上がってくる。

『まもなく』とは一体どれくらいの時間を指しているのだろうか。

そんなことを考えていると、電光掲示板の表示が突然切り替わった。

白で示された三桁の数字が画面いっぱいに並ぶ。

最初は『００１』。最後は『２４６』だ。所々、抜けている番号もあるが、小さい方から順番に映し出されていた。

咲太が捜した番号は『１３４』。

『１３０』はある。『１３１』もあった。『１３２』はない。次が『１３３』。それに続いて

『134』はあった。

まず大きく息を吸った。

それを、「ふ〜」と長めに吐き出す。まさしく安堵の吐息だった。

番号が表示されているということは合格を意味する。

朝早くから準備をして、二俣川の免許センターにやってきた目的は無事達成された。

「合格した方は、手順に従って、手続きを行ってください」

教官の指示で、集まっていた人が二手に分かれる。八割から九割近くが受かって当然という顔をして移動を開始する。きっと内心はドキドキしていたはずだが。

残った一割から二割程度は、残念ながら不合格だった人たちということになる。

他の合格者に続いて咲太も歩き出す。その直後、意外なことに声をかけられた。

「梓川君も受かったんだ」

横を見ると知った顔が咲太を見ていた。大学で知り合った友達候補の美東美織だ。

「美東も今日受けに来てたんだな」

「わたしは試験受けてるときから、梓川君がいるのに気づいてたけどね。前の方に座ってたでしょ？」

「なら、試験が終わったあと、すぐに声をかけてくれ」

「梓川君が落ちてたら、気まずいなぁって思って」

「まあ、美東だけ落ちてたらかっこ悪いもんな」

「ちゃんと受かりましたけど、なにか？」

「合格、おめでとう」

「梓川君も、おめでとと」

約二ヵ月間に及んだ教習所通いも、今日でおしまいだ。


流れ作業で進む諸々の手続きを済ませ、写真を撮り、免許証ができ上がるのを待つこと約一時間。ようやく咲太が運転免許証を受け取ったのは十二時過ぎだった。

受け取りも流れ作業のため、特に免許を取得したという感慨もないまま、咲太は同じく淡々と免許を受け取っていた美織と一緒に免許センターを後にした。

ふたり並んで緩やかな坂を下っていく。向かっているのは最寄りの二俣川駅。咲太にとっては今日はじめて降りた駅。美織もそうだと言っていた。

歩くと十分と少しかかる距離を、美織のペースに合わせてゆっくり進む。

その道中、隣を歩く美織の口からは、

「う〜ん」

と、唸り声が聞こえていた。

受け取ったばかりの免許証を見上げては、「う〜ん」と唸る。見下ろしても、「う〜ん」と、納得できないような声を出していた。

「何か免許に不満でもあるのか？」

「人生最高に、写真が酷いんですが？」

美織が先ほどからにらめっこしているのは、免許証の写真の部分。

「確かに、顔色悪くて、いかにも不健康って感じだな」

咲太が横目に映した美織の写真は、彼女の魅力を全然捉え切れていない。

「でしょ？」

「美東のアンニュイさが、まったく出てない」

「梓川君のは？」

さっさと財布にしまった免許証を取り出す。「どれどれ」と口に出しながら、美織が覗き込んでくる。

「うわー、目ぇ死んでる～」

どういうわけか美織はうれしそうだ。

「わたしの写真、全然ましだ」

人を踏み台にして、美織は勝手に元気になっていた。

「真奈美の免許も、かなり微妙だったし……いい感じに写る人っているのかな？」

「麻衣さんの免許は、完全に『桜島麻衣ですけど、なにか？』って顔で写ってたぞ」

はっきり言ってオーラが違っていた。

麻衣も同じ会場で免許を取ったはずなのに……。

同じ機械で撮影したとは到底思えない出来栄えだった。

「普段から、撮られ慣れてる人は違うんだねぇ……」

美織がしみじみと納得する。

「あ、そうだ。麻衣さんで思い出したけど、いよいよ明日だよね？」

「ん？」

「麻衣さんが出る音楽フェス」

「一応、シークレットゲストって扱いだから、麻衣さんの名前、出演者の欄には載ってないんだけどな」

「『#夢見る』のせいで、もうみんな知ってるもんねぇ。ＳＮＳ上じゃあ、カミングアウトも期待されてるよ？」

「成人の日に、違うって言ったのになぁ」

「噂、再燃しちゃってるから」

「まあ、原因はわかってんだけど……」

「それってサンタ事件？」

「あれで、自称『霧島透子』はほぼ全滅したからな」

あの事件というか、事故のあと……咲太(さくた)は日を置いて改めて警察から事情を聞かれた。話したことは当日と何も変わらない。聞かれたことも基本的に同じ。

そうしたやり取りの最中に、咲太(さくた)の方からも聞きたいことをいくつか警察に尋ねた。さすがに捜査中のことは教えてもらえなかったが、答えてもらえたこともある。

あの日、あの場にいたサンタクロースの全員が『自分が霧島透子(きりしまとうこ)だと思っていた』と語っていたこと。男性も、女性も。すでに、報道に出ている情報ではあったが、警察の口から直接聞くと真実味も増してくる。

実際に何人ものサンタを取り調べた男性刑事は、「全員嘘(うそ)を言ってるわけじゃなさそうだし、示し合わせてイベントに来たわけじゃないって言うもんだから……正直、気味の悪い話だよなぁ」と率直な感想も聞かせてくれた。

その上で、あの日、あの場にいたサンタたちは、今は全員が寧々(ねね)と同じように自分を取り戻しているらしい。我に返った切っ掛けを聞くと、「顔を血で真っ赤にした男性に、落ち着けって言われたのが、こわくて」という答えが一番多かったらしい。この点は寧々(ねね)のケースとは違い、ショックで目が覚めたという感じだったのだろう。

なんにしても、自分が誰なのかを思い出し、周りから認識されるようになったのはいいことだと思う。

ただ、それによって、ひとつ厄介な影響が出たのもまた事実だった。

自称『霧島透子』がいなくなったことで、『霧島透子』の候補もまたいなくなった。結果として、あの日以来今日に至るまで麻衣への疑惑が再浮上している。

『霧島透子』を名乗っていた多くのサンタが、あの日、麻衣のもとに集まったという事実も、SNS上の憶測に拍車をかけている。確かに、何か関係があると思ってしまう状況だ。

「だから、明日のフェスで、改めて否定するってさ」

「そっか」

駅前の赤信号に捕まって立ち止まる。

目の前を車が通り過ぎていく。

「霧島透子って何者なんだろうな」

自然と咲太の口からこぼれたのは率直な疑問。

岩見沢寧々が別人とわかった今、手がかりは何もない。

わかっているのは、動画サイトで人気のネットシンガーということだけ。

「梓川君はどんな人だと思う？」

「まあ、歌が上手い人だと思う」

「この人、ふざけてるわ～」

けらけらと美織が笑う。別に真面目に答えることを求められていたわけではない。咲太も真面目に答えてほしかったわけでもない。だから、これでいい。友達同士……もとい友達候補同士の会話などこんなものだ。

信号が青に変わる。

少し笑いながら、咲太は再び歩き出した。

明日、多くの若者がその日の夢を見たと言う、四月一日がやってくる。

あとがき

あなたがこのあとがきを読んでいるということは、もう劇場版『青春ブタ野郎はおでかけシスターの夢を見ない』が上映されていることでしょう。

コミック版の『シスコンアイドル』や『おるすばん妹』、『ゆめみる少女』の公開が順次進められていることかと思います。

様々な形で青ブタを楽しんでいただけていますか？　そうだとうれしい限りです。

冬には劇場版『青春ブタ野郎はランドセルガールの夢を見ない』も控えていますので、今後も青ブタをよろしくお願いいたします。

追伸、いよいよ青ブタも最終章です。

鴨志田一

●鴨志田 一著作リスト

「神無き世界の英雄伝①〜③」（電撃文庫）
「Kaguya ～月のウサギの銀の箱舟～ 1〜5」（同）
「さくら荘のペットな彼女 1〜10.5」（同）
（5.5巻、7.5巻、10.5巻を含む13冊）
「『青春ブタ野郎』シリーズ第1弾〜第13弾」（同）
（第10弾のみ通常版／特装版あり）

本書に対するご意見、ご感想をお寄せください。

ファンレターあて先
〒102-8177　東京都千代田区富士見2-13-3
電撃文庫編集部
「鴨志田 一先生」係
「溝口ケージ先生」係

本書は書き下ろしです。

電撃文庫

青春ブタ野郎はサンタクロースの夢を見ない

せいしゅん やろう ゆめ み

鴨志田 一

かもしだ はじめ

2023年７月10日　初版発行
2024年11月15日　３版発行

発行者　山下直久
発行　株式会社KADOKAWA
〒102-8177　東京都千代田区富士見2-13-3
0570-002-301（ナビダイヤル）
装丁者　荻窪裕司（META＋MANIERA）
印刷　株式会社KADOKAWA
製本　株式会社KADOKAWA

●お問い合わせ
https://www.kadokawa.co.jp/（「お問い合わせ」へお進みください）
※内容によっては、お答えできない場合があります。
※サポートは日本国内のみとさせていただきます。
※ Japanese text only

※定価はカバーに表示してあります。

ISBN978-4-04-914867-1　C0193　Printed in Japan

電撃文庫　https://dengekibunko.jp/

電撃文庫創刊に際して

文庫は、我が国にとどまらず、世界の書籍の流れのなかで〝小さな巨人〟としての地位を築いてきた。古今東西の名著を、廉価で手に入りやすい形で提供してきたからこそ、人は文庫を自分の師として、また青春の想い出として、語りついできたのである。

その源を、文化的にはドイツのレクラム文庫に求めるにせよ、規模の上でイギリスのペンギンブックスに求めるにせよ、いま文庫は知識人の層の多様化に従って、ますますその意義を大きくしていると言ってよい。

文庫出版の意味するものは、激動の現代のみならず将来にわたって、大きくなることはあっても、小さくなることはないだろう。

「電撃文庫」は、そのように多様化した対象に応え、歴史に耐えうる作品を収録するのはもちろん、新しい世紀を迎えるにあたって、既成の枠をこえる新鮮で強烈なアイ・オープナーたりたい。

その特異さ故に、この存在は、かつて文庫がはじめて出版世界に登場したときと、同じ戸惑いを読書人に与えるかもしれない。

しかし、〈Changing Times,Changing Publishing〉時代は変わって、出版も変わる。時を重ねるなかで、精神の糧として、心の一隅を占めるものとして、次なる文化の担い手の若者たちに確かな評価を得られると信じて、ここに「電撃文庫」を出版する。

1993年6月10日
角川歴彦

電撃文庫DIGEST　7月の新刊

発売日2023年7月7日

青春ブタ野郎はサンタクロースの夢を見ない 著／鴨志田 一　イラスト／溝口ケージ	「麻衣さんは僕が守るから」「じゃあ、咲太は私が守ってあげる」咲太にしか見えないミニスカサンタは一体何者？　真相に迫るシリーズ第13弾。
七つの魔剣が支配するXII 著／宇野朴人　イラスト／ミユキルリア	曲者揃いの新任講師陣を前に、かつてない波乱を予感し仲間の身を案じるオリバー。一方、ピートやガイは、友と並び立つためのさらなる絆や力を求め葛藤する。そして今年もまた一人、迷宮の奥で生徒が魔に呑まれて――
デモンズ・クレスト2 異界の顕現 著／川原 礫　イラスト／堀口悠紀子	《悪魔》のごとき姿に変貌したサワがユウマたちに語る、この世界の衝撃の真実とは――。『SAO』の川原礫と、人気アニメーター・堀口悠紀子の最強タッグが描く、MR（複合現実）×デスゲームの物語は第２巻へ！
レプリカだって、恋をする。2 著／榛名丼　イラスト／raemz	「しばらく私の代わりに学校行って」その言葉を機に、分身体の私の生活は一変。廃部の危機を救うため奔走して。アキくんとの距離も縮まって。そして、忘れられない出会いをした。《大賞》受賞作、秋風薫る第２巻。
新説 狼と香辛料 **狼と羊皮紙IX** 著／支倉凍砂　イラスト／文倉 十	八十年ぶりに世界中の聖職者が集い、開催される公会議。会議の雌雄を決する、協力者集めに奔走するコルとミューリ。だが、その出鼻をくじくように“薄明の枢機卿”の名を騙るコルの偽者が現れてしまい――
わたし、二番目の彼女でいいから。6 著／西 条陽　イラスト／Re岳	再会した橘さんの想いは、今も変わっていなかった。けど俺は遠野の恋人で、誰も傷つかない幸せな未来を探さなくちゃいけない。だから、早坂さんや宮前からの誘惑だって、すべて一過性のものなんだ。……そのはずだ。
少年、私の弟子になってよ。2 **～最弱無能な俺、聖剣学園で最強を目指す～** 著／七菜なな　イラスト／さいね	決闘競技〈聖剣演武〉の頂点を目指す師弟。その絆を揺るがす試練がまたもや――「識ちゃんを懸けて、決闘よ！」少年を取り合うお姉ちゃん戦争が勃発!?　年に一度の学園対抗戦を舞台に、火花が散る！
あした、裸足でこい。3 著／岬 鷺宮　イラスト／Hiten	未来が少しずつ変化する中、二斗は文化祭ライブの成功に向け動き出す。だが、その選択は誰かの夢を壊すもので。苦悩する二斗を前に、凡人の俺は決意する。彼女を救おう。つまり――天才、nitoに立ち向かおうと。
この△（さんかく）ラブコメは幸せになる義務がある。4 著／榛名千紘　イラスト／てつぶた	再びピアノに向き合うと決めた凛華の前に突然現れた父親。二人の確執を解消してやりたいと天馬は奔走する。後ろで支えるのではなく、彼女の隣に並び立てるように――。最も幸せな三角関係ラブコメの行く末は……！？
新作 **やがてラブコメに至る暗殺者** 著／駱駝　イラスト／塩かずのこ	シノとエマ。平凡な少年と学校一の美少女がある日、恋人となった。だが不釣り合いな恋人誕生の裏には、互いに他人には言えない『秘密』があって――。『俺好き』駱駝の完全新作は、騙し合いから始まるラブコメディ！
新作 **青春2周目の俺がやり直す、ぼっちな彼女との陽キャな夏** 著／五十嵐雄策　イラスト／はねこと	目が覚めると、俺は中二の夏に戻っていた。夢も人生もうまくいかなくなった原因。初恋の彼女、安芸宮羽純に告白し、失敗したあの忌まわしい夏に。だけど中身は大人の今なら、もしかして運命を変えられるのでは――。
新作 **教え子とキスをする。バレたら終わる。** 著／扇風気 周　イラスト／こむぴ	桐原との誰にも言えない関係は、俺が教師として赴任したことがきっかけにはじまった。週末は一緒に食事を作り、ゲームをして、　恋人のように甘やかす。バレたら終わりなのに、その意識が逆に拍車をかけていき――。
新作 **かつてゲームクリエイターを目指してた俺、会社を辞めてギャルJKの社畜になる。** 著／水沢あきと　イラスト／トモゼロ	勤め先が買収され、担当プロジェクトが開発中止！？　失意に沈むと同時に、“本当にやりたいこと”を忘れていたアラサーリーマン・蒼真がギャルＪＫにして人気イラストレーター・光莉とソシャゲづくりに挑む!!

群、発症中
「青春ブタ野郎はバニーガール先輩の夢を見ない」
作画：七宮つぐ実
全2巻
発売中
「青春ブタ野郎はプチデビル後輩の夢を見ない」
作画：浅草九十九
全2巻
発売中
「青春ブタ野郎はロジカルウィッチの夢を見ない」
作画：秋奈つかこ
全2巻
発売中
咲太視点で描く、青春ストーリー

「青春ブタ野郎はゆめみる少女の夢を見ない」
作画:えらんと
2023年4月
連載開始
「青春ブタ野郎はおるすばん妹の夢を見ない」
作画:吉辺あぐろ
2023年4月
連載開始
作画:宮崎順
2023年
連載開始
ヒロイン視点で描かれる、新たな物語

レプリカだって、恋をする。
Even a replica falls in love
榛名丼
[イラスト]
raemz
16歳、夏。はじめての、青春。
愛川素直という少女の
身代わりとして働く
分身体、それが私。
本体のために生きるのが
使命……なのに、
恋をしてしまったんだ。
海沿いの街で
巻き起こる
ちょっぴり不思議な
青春ラブストーリー。
応募総数
4,128作品の
頂点
第29回
電撃小説大賞
大賞
受賞作
電撃文庫